KB114698

HERO2300

FUSION FANTASTIC STORY

말리브 장편 소설

영웅2300

영웅2300 3

말리브 장편 소설

초판 1쇄 찍은 날 § 2014년 8월 5일
초판 1쇄 펴낸 날 § 2014년 8월 12일

지은이 § 말리브
펴낸이 § 서경석

편집부장 § 권태완
편집책임 § 박은정

펴낸곳 § 도서출판 청어람
등록번호 § 제387-1999-000006호
등록일자 § 1999. 5. 31
어람번호 § 제1-1911호

주소 § 경기도 부천시 원미구 부일로 483번길 40 서경B/D 3F (우) 420-822
전화 § 032-656-4452 팩스 § 032-656-4453
http://www.chungeoram.com
E-mail § chungeorambook@daum.net

ⓒ 말리브, 2014

ISBN 979-11-316-9148-9 04810
ISBN 979-11-316-9111-3 (세트)

※ 파본은 구입하신 서점에서 교환하여 드립니다.
※ 저자와 협의하여 인지를 붙이지 않습니다.
※ 이 책은 도서출판 청어람과 저작자의 계약에 의해 출판된 것이므로,
　무단 전재 및 유포 · 공유를 금합니다.

HERO2300

FUSION FANTASTIC STORY

영웅2300

말리브 장편 소설

③

CONTENTS

1장

암살자

연금술은 무궁무진하다.

오열은 연금술을 연구할수록 그 끝 모를 깊이에 고개가 절로 숙여졌다.

그제야 왜 브로도스가 몬스터를 연구하기 위해 슘마로 가자고 했는지 이해가 되었다.

몬스터는 연금술을 연구하는 데 가장 좋은 재료이다.

무엇보다 생명력을 뽑아내서 자유자재로 카오스에너지로 변형할 수 있기 때문이다.

물론 메탈드워프들이 카오스에너지를 뽑아내는 것과는 많

이 달랐다.

효용성 면에 있어서 메탈드워프들이 몇 배 낫다. 하지만 연금술사들은 에너지를 원하는 형태로 자유자재로 변형시킬 수가 있다.

"이번에는 신경가스를 만들어야지. 그것들이 이제 모두 적외선 안경을 가지고 오겠지. 그놈들도 바보가 아니라면 말이지. 아, 그래도 정말 위험해. 저번에는 놈들이 눈치를 보느라고 몬스터용 화살을 잘 사용하지 않아서 그나마 버틴 것이야. 이제 더 이상의 만용은 죽음이야."

오열은 궁팻의 위력을 보고 생각을 달리하게 되었다.

왜 거대 길드들이 붉은 늑대에게 한 수를 양보해 주는지 확실히 알 수 있었다.

게릴라전에 특화된 데다가 궁수가 많아서 화력이 집중되면 무서운 결과가 나타나기 때문이다.

오열도 안다.

왜 궁수들이 몬스터용 화살을 그렇게 자제하며 썼는지.

혹시라도 오열이 죽을 수 있다고 보았기 때문이다.

그런데 다음에 만나면 그런 걱정하지 않고 처음부터 최고의 화력으로 공격할 것이다.

"그렇다고 방법이 없는 것은 아니지. 항상 길은 누구에게나 열려 있어. 그것을 찾는 것은 각자의 책임과 능력이지."

오열은 느긋하게 커피를 마시며 생각했다.

안전을 최고로 하기 위해 집 안의 보안을 강화시켰다.

집이 넓고 한적한 곳에 있어 함정을 설치하는 것이 어렵지 않았다.

오열은 24개의 모니터에서 정교하게 돌아가는 CC카메라를 보았다.

이 CC카메라는 고양이와 같은 작은 동물과 사람, 그리고 몬스터를 구별할 수 있게 되어 있다. 전문가가 아니어도 돈이면 모두 해결된다.

"붉은 늑대와 붙으니 재미는 있는데 돈이 안 되는군."

붉은 늑대와 쟁(爭)을 하니 그동안 아바타로 접속하여 땅만 파던 스트레스가 일시에 해소되는 느낌이 들었다.

연금술 실력도 많이 늘었다.

밤을 새우다시피 하며 연구했으니 실력이 느는 것은 당연했다.

오열은 문득 자신의 성격이 공격적으로 변했음을 느꼈다.

예전에는 돈 한 푼에 벌벌 떨곤 했는데 지금은 돈과 관련 없이 쟁에 흥분하며 신 나했다.

'아, 그러고 보니 아만다를 잊고 있었네.'

오열은 최근 3개월 동안 아바타에 접속하지 않은 사실을 기억했다.

현실 세계에 충실하고자 하다 보니 접속을 못하게 되었다.

특히나 거대 길드와 붙게 되었으니 마음의 여유가 없었던 것이다.

'하아, 피난은 잘 갔는지 모르겠네.'

오열은 아만다의 부모가 이웃 왕국으로 이사하는 것에 반대한 것이 괘씸했다.

모든 비용을 자신이 내는데 덜컥 반대한 것이다.

솔직히 제정신이 아니라고 보았다.

전쟁으로 나라가 망한 오스만 왕국이다.

거기에 미련을 가지고 떠나지 못하는 그들을 보니 한심하기 그지없었다. 그리고 그런 부모님을 옹호하는 아만다도 별로였다.

애국심이라고는 눈곱만큼도 없는 그로서는 도무지 이해할 수 없는 행동이었기 때문이다.

*   *   *

장록수는 화가 났다.

3대 길드의 마스터들이 자신과의 만남을 모두 거절했기 때문이다.

"이놈들이! 내가 조금 어렵다고 이렇게 대놓고 무시를 해?"

그는 불같이 화를 냈다.

가디언스 길드, 페가수스 길드, 가즈나이트 길드의 마스터들이 그와 만나는 것을 모두 거절했다. 예전이라면 이런 일은 있을 수 없었다.

"끙."

그의 앞에 비서가 고개를 숙이고 있다.

적당한 이권을 넘겨주고 그들로부터 도움을 받으려고 한 일이 허사가 되었다.

"이진열이 오라고 해."

"네에?"

"뭐해, 빨리 연락 안 하고?"

비서가 물러나 자신의 자리로 돌아갔다.

장록수는 이를 부드득 갈았다.

이진열은 어둠의 일에 능숙한 길드원이다.

몬스터 사냥보다는 청부와 같은 일을 더 좋아하는 카오틱 유저다.

그는 살인, 방화 등 무엇이든 닥치는 대로 하지만 지금까지 단 한 번도 걸리지 않았다.

각성도 암살자 캐릭터로 해서 그런 쪽에 일가견이 있는 사람이다.

　　　　　*　　　　　*　　　　　*

가디언스의 길드마스터 김인옥은 쉐라톤 호텔의 특실로 갔다.

문을 열고 들어서니 이미 두 사람이 와 있었다.

"아이고, 제가 늦었습니다. 하하!"

"하하, 어서 오시오. 우리도 방금 왔습니다."

"어서 오시오, 김 회장."

김인옥은 자리에 앉았다.

차가 나오고 한동안 덕담이 오갔다.

그는 이 자리를 주최한 페가수스의 이차명 길드마스터를 바라보았다.

염소수염을 한 가냘픈 인상이지만 그 누구보다 강한 메탈 사이퍼다.

대개 거대 길드의 마스터는 실력보다는 정치적인 수완으로 되는 경우가 많았다.

길드를 이끄는 데 들어가는 천문학적인 돈을 어떻게 마련하느냐에 따라 길드의 향배가 달라지기 때문이다.

그런데 이 이차명은 실력은 물론 정치적인 수완도 나쁘지 않았다.

"거 붉은 늑대의 장록수가 보자고 한 것을 알고들 계시지요?"

"하하, 물론입니다. 장록수가 똥줄이 탄 모양입니다."

이차명의 말에 가즈나이트의 길마인 차인태가 말했다.

차인태는 중년치고는 외모가 출중하여 따르는 여자가 많았다.

김인옥은 그런 그가 때론 부러웠다.

"어떻게 보시오?"

"아, 그 뭐 이상한 놈하고 붙었나 본데 아주 작살이 난 모양입니다."

"그 녀석이 그렇게 대단합니까?"

"그를 목격한 우리 부길마가 전형적인 악당이라고 하더군요."

"악당이라……. 하하, 오랜만에 듣는 말이군요."

"그러면 그런 놈은 이참에 제거해야 하는 것 아닙니까? 일단 거절하기는 했지만 장록수가 이권을 상당 부분 넘겨줄 것 같으니 말입니다."

이차명 특유의 호전적인 성격이 나타났다. 하지만 김인옥은 속으로 쓴웃음을 지었다.

'그래, 붙어서 피터지게 싸워봐라.'

김인옥은 차를 한 모금 마셨다.

오총명이 그렇게 겁을 냈다면 그놈은 악당이 아니라 악마가 맞을 것이다.

그럼에도 불구하고 악당이라고 표현한 것은 그 역시 껄끄러웠기 때문이다.

게다가 남의 불행은 나의 행복이지 않는가.

안 그래도 점점 던전의 사냥터는 좁아지고 있다.

거대 길드뿐만 아니라 중소 길드마저 사력을 다해 장비를 업그레이드하고 있기에 몬스터는 곧 부족 현상을 나타내게 될 것이다.

그러니 이참에 손도 안 대고 코를 풀려고 하는 것이다.

"하하, 그래서 이참에 우리 3대 길드가 협약을 맺고 그 녀석을 처리하는 것은 어떻습니까?"

차인태의 말에 김인옥은 인상을 구겼다.

둘이 먼저 와서 입을 맞춘 모양이다.

그게 마음에 안 들었다.

이 둘은 서로 친분을 가지고 있어 자신이 당할 확률이 높아 셋이 연합으로 하는 일은 은근히 꺼려지게 된다.

"하하, 뭐 그런 송사리를 처리하는 데 협약까지 필요하겠습니까? 두 분이 나서시면 금방 처리되겠지요. 하하, 저희 길드는 요즘 길드 내에 일이 있어 조금 곤란합니다. 혹시 필요하다면 경비를 지원해 드리겠습니다."

"허허, 어찌 그런 수고를 끼칠 수가 있습니까? 우리가 누굽니까? 살아도 같이 살고 죽어도 같이 죽어야지요. 우리는 3대

길드마스터가 아닙니까?'

차인태의 말에 김인옥은 피식 웃었다.

저렇게 말하는 것을 보니 그 악마에 대한 정보를 얻었음이 확실하다.

그런데도 이런 말을 하는 것은 다른 저의가 있는 것이다.

"하하하, 하여튼 저희는 길드에 문제가 있어 빠지겠습니다."

"허허, 사정이 그렇다면 어쩔 수 없지요. 그러면 우리도 조금 더 추이를 지켜보도록 하겠습니다."

3대 길드의 인원이나 실력이 거의 비슷비슷한 상황이다.

여기서 어느 한쪽이 타격을 받게 되면 그로 인한 손실이 어마어마하기에 물귀신 작전으로 같이하자고 제의한 것이다.

김인옥이 싫다고 하자 자연 협약은 맺어지지 않게 되었다.

김인옥은 3대 길드가 힘을 모아 잡는다고 하더라도 실익이 없다고 보았다.

오총명 부길마의 보고에 의하면 그 악마는 건들지만 않으면 상당히 얌전하다고 했다.

그런 놈을 왜 제거한단 말인가.

다른 길드가 나서서 해준다면 박수를 치고 응원해 줄 수는 있지만 가디언스 길드가 참여하는 것은 노땡큐다.

본격적인 쟁에 들어가면 사상자가 한두 명이 아닐 것이다.

돈도 생기지 않는 일에 나설 생각은 없었다.

차인태는 길드 사무실로 돌아왔다.

전략본부장인 오태호가 그를 기다리고 있었다.

"가신 일은 어떻게 되셨습니까?"

"김인옥이 겁을 집어먹고 발을 빼더군."

"역시 그렇군요. 그들은 우리보다 더 많은 정보를 가지고 있는 것이 틀림없습니다. 제2던전을 가디언스가 관리하고 있지 않습니까? 그런데도 관여하지 않고 있는 것을 보면 뭔가 있습니다."

"허허, 하지만 이번에 떨어질 이권이 만만찮은데 말이야."

차인태가 탐욕스러운 눈빛으로 대답했다.

"어차피 붉은 늑대가 무너지면 3대 길드가 그 빈자리를 독차지하게 됩니다. 문서를 교환하는 것도 아니고 기껏 해봐야 사냥터의 양보일 터인데 나중에 오리발을 내밀 수도 있습니다. 저희 길드가 나서면 제거야 할 수 있겠지요. 하지만 50명이 가서 40명이 병신이 되어 돌아왔습니다. 가즈나이트가 붉은 늑대보다 전투력이 더 좋다고 말할 수는 없습니다. 적어도 대인전에서는 말입니다."

"그거야 그렇지. 허허."

차인태가 입맛을 다시며 아쉬워했다.

붉은 늑대에게 양도를 받는 것과 경쟁을 해서 먹는 것은 전혀 다른 문제다.

오태호가 차인태의 얼굴을 보며 목소리를 낮춰 말했다.

중요한 이야기를 할 때의 그의 특유의 습관이다.

"마스터님, 그 40명이 모두 뼈가 완전히 부스러져 인공 다리로 만들어야 한답니다. 그중에서 몇 명은 위중하여 메탈사이퍼의 생활을 할 수 없게 될 것이라고 합니다."

"허, 그 정도인가?"

"예, 똥이 무서워서 피하는 것은 아닙니다. 굳이 우리의 손을 더럽힐 이유가 없는 것이지요."

"흠, 자네가 말하는 바를 알겠네. 신중하게 대처할 것이니 이만 나가보게."

"예, 마스터."

차인태는 오태호가 나가자 눈을 감았다.

다른 두 길드가 가만히 있으면 자신도 그래야 했다.

성공한다면 모르지만 실패하면 한순간에 나락으로 빠져 중소 길드로 전락할 수도 있었다.

붉은 늑대와 달리 3대 길드의 구속력은 그렇게 강하지 않았다.

그러니 함부로 모험을 할 수는 없었다.

*　　　*　　　*

오열은 오랜만에 아바타에 접속했다.

접속해서 보니 분위기가 예전 같지 않았다.

"앗, 오셨습니까?"

제프가 그를 보자마자 달려왔다.

"무슨 일이 있나?"

"왜 이제야 오셨습니까?"

"바빴어."

"그러시군요. 이곳 페테가 곧 전쟁의 소용돌이에 빠지게 될 것 같습니다."

"그래?"

"아직 확실하지는 않지만 대대적인 징집이 일어나고 있습니다. 영주가 참전을 선언했습니다."

"그 양반은 왜 그런 결정을 했대?"

"살아남은 왕자가 얼마 전에 페테에 와서 함부르크에 머물고 있습니다."

"그럼 이곳이 전쟁터가 될 확률이 높잖아?"

"그게 확실하지는 않습니다. 페테의 이웃 영지들도 모두 동참하기로 했으니까요."

"그렇군. 그런데 아만다는?"

"아가씨는 본채에 계실 것입니다."

오열은 제프와 헤어지고 방으로 돌아왔다.

"아, 오열님!"

아만다가 오열을 보고 깜짝 놀라면서 반가워하다가 갑자기 토라진 표정을 지었다.

"흥, 왜 오셨어요?"

"무슨 소리야? 보고 싶으니까 왔지."

"흥! 같이 살고 싶다고 말하니까 갑자기 오지도 않고."

오열은 아만다가 왜 심통이 났는지 알았다.

아만다에게 정체가 탄로 나고 나서 현실 세계에서 분쟁이 생겨 접속을 못하였더니 그렇게 오해를 한 모양이다.

"아만다, 그게 아냐. 일이 있었어."

"흥! 난 아무것도 안 들려."

아만다는 귀를 막고 창문만 바라보았다.

그러면서 입으로는 '안 들려, 안 들려'를 연발했다.

오열은 그 모습이 귀엽게 보였다.

오랜만에 보니 수척해진 얼굴이 보호본능을 일으켰고, 자신 때문에 마음고생을 한 아만다가 가엾게 느껴졌다.

오열은 강제로 아만다를 돌려세웠다.

아만다가 놀라 눈을 동그랗게 떴다.

입술을 부딪쳤지만 아만다가 거부했다.

혀를 집어넣으니 차마 깨물지는 못하고 피하기에 급급했다.

오열은 아만다의 히프를 위로 들었다. 볼록해진 남성이 그녀를 압박했다.

"헉!"

아만다가 갑자기 신음을 터뜨렸다.

느낌이 왔는지 아만다의 얼굴이 붉어졌다.

여자는 마음이 완전히 돌아서기 전에는 몸이 닫히지 않는다.

그래서 부부싸움은 칼로 물 베기라는 말이 생기는 것이다.

하지만 마음이 닫히면 자연 몸도 닫힌다.

오열은 아만다가 반응을 보이자 더욱 집요하게 노렸다.

시간이 지나면서 혀가 마중 나오고 신음 소리가 입에서 흘러나왔다.

"아, 여기는 그래요. 침대로 가요."

다리에 힘이 빠진 아만다가 애원했다.

키스조차 거절하던 아만다가 침대에서는 적극적으로 변했다.

"아만다, 너무 보고 싶었어."

"나도요. 보고 싶어 죽을 것 같았어요. 왜 이렇게 안 왔어요?"

"일이 있었어. 아, 좋다."

오열이 아만다의 머리를 쓰다듬으며 말했다.

"이제 자주 올 거죠?"

"웅."

오열이 미소를 지으며 대답했다. 둘은 마주 바라보고 서로를 끌어안았다.

오열은 현실의 일이 워낙 중하여 오래 아바타에 접속할 수 없었다.

다만 걱정하는 아만다를 위해 짧게라도 매일 접속하였다.

이날도 접속을 하였는데 비상 신호가 들렸다.

"뭐지?"

오열은 급히 아만다에게 말하고 아바타를 종료했다.

아바타를 접속하는 곳은 지하다.

연금술 실험실 바로 옆이다.

가장 안쪽에 있어 쉽게 들어올 수 있는 곳이 아니었다.

오열은 급히 모나베헴아머를 착용했다.

무기를 착용하고 나서 모니터를 보니 낯선 침입자가 땅바닥에 쓰러져 있다.

오열은 만약을 위해 신경마비제를 다시 뿌렸다. 그리고 해독제를 먹고는 1층으로 올라갔다.

침입자는 거품을 물고 쓰러져 있었다.

오열은 해독제를 먹었음에도 불구하고 눈이 따끔거렸다.

오열은 쓰러진 침입자를 허리에 끼고 지하로 내려왔다.

지하는 방음이 잘되어 있어 고문하기 좋은 곳이기 때문이다.

복장을 보니 좋은 놈이 아니다.

오열은 일단 사지를 묶고 침입자를 깨웠다.

몸에 마비가 일어난 침입자는 눈만 바쁘게 굴렸다.

"이름?"

"……."

"이름?"

"……."

"호오, 암살자 주제에 강단이 있네? 뭐, 상관은 없지."

오열은 침입자의 다리를 손으로 부쉈다.

내공을 손에 넣어 힘을 주니 다리뼈가 파삭하고 부서졌다.

"크악!"

"흠, 이로써 벙어리가 아닌 것은 드러났고, 말 안 해도 돼. 그냥 적당히 고문하다가 죽이면 돼지."

이진열은 오열의 말에 깜짝 놀랐다.

다리뼈를 부술 때만 해도 사태 파악이 제대로 안 되었다.

암살자는 고문에 쉽게 굴복해서는 안 된다.

그런데 이놈은 미친놈이었다.

마비가 된 몸임에도 불구하고 부러진 다리뼈에서 무지막지한 통증이 느껴졌다.

가만히 있어도 저절로 몸이 떨렸고 땀이 흘러내렸다.

1층에 침입했을 때 센서가 작동하여 순식간에 신경마비제가 뿌려졌기에 꼼짝 못하고 당한 것이다.

"난 두 번 묻지 않아. 잘 대답하면 가볍게 사지를 분질러 주는 것으로 끝내고, 반항하면 눈알을 파내고, 혀를 자르고, 네놈의 위장을 꺼내 비커에 담기는 모습을 보게 될 거야. 저것들처럼."

이진열은 오열이 가리키는 곳을 바라보았다.

거기에는 온갖 종류의 실험물이 담겨 있었다.

몬스터의 뇌와 심장으로 추정되는 것이 수액에 둘러싸인 채 비커에 담겨 있었다.

'이놈은 뭔가?'

이해가 되지 않았다.

이런 능력자는 처음이다.

그가 암살에 성공한 능력자들은 대부분 전투직이라 상대하는 것이 만만치 않았어도 항상 성공했다.

그런데 눈앞의 놈은 변태 같았다.

그가 머뭇거리는 사이 오열이 다른 다리를 부숴 버렸다.

"크악! 이, 이진열, 이진열이다."

"…이다? 이 새끼가 아직도 똥인지 된장인지 구별을 못해."

오열은 다시 오른손을 분질렀다.

이진열은 통증으로 기절할 것만 같았다.

그런데 어떻게 된 것인지 기절을 할 수가 없었다.

"이, 이진열입니다."

"흠, 그래. 그래야지. 누가 보냈지?"

"장록수 마스터가 보냈습니다."

"붉은 늑대?"

"네, 그렇습니다."

"흐음, 그런데 내 집을 어떻게 알아냈지?"

"모든 수단과 방법을 다 동원했습니다."

"그러니까 어떻게? 구체적으로 말해봐."

"동굴 안에 있는 그림을 프로그램을 사용하여 복원해 알아
냈습니다."

"흠, 얼굴을 알아도 힘들 텐데?"

"마침 알아보는 사람이 있었습니다."

이진열은 말을 하면서도 고통으로 헐떡거렸다.

눈앞에 별이 보이며 천장이 빙글빙글 돌았다.

오열은 이진열을 고문하여 정보를 알아내고는 눈을 파냈
다.

사람을 죽이는 암살자 따위에게 자비를 베푸는 어리석음
을 범하지는 않는다.

피를 철철 흘리는 눈에 포션을 부어 치료를 해줬다.

포션이 들어가자 상처가 바로 복구되었다.

눈이 있던 자리에 눈이 없어졌다. 원래부터 눈이 없는 사람 같았다.

'난 적에게는 정직하지 않아.'

오열은 비릿한 웃음을 지으며 생각했다.

위험이 생각보다 가까이 있었다.

암살자를 보니 상대가 생각보다 더 좋지 않은 상황에 놓여 있는 것을 알 수 있었다. 사실 암살 청탁은 최후에나 하는 것 이다.

'거대 길드라고 하더니 생각보다 허약한 놈인가 보네. 하 긴 오늘날의 길드가 그렇지, 뭐. 이익에 따라 움직이는 길드 가 단합이 잘되어 봐야 거기서 거기지.'

오열은 이로써 자신이 악마가 되어야 할 이유가 더 명확해 졌다.

만만해 보이니 암살자를 보내는 것이다.

더 가공할 공포를 주었다면 찌그러져 있지 이런 수작을 하 지 못한다.

그는 생존을 위해 자신이 사람들에게 공포가 되어야 할 것 임을 깨달았다.

왜 이런 일에 끼어들었는지 모른다.

어설픈 영웅 심리 때문일지도 모른다.

힘이 생기자 자랑하고 싶었을지도.

하지만 그것은 이미 지난일이다.

원인이야 어쨌든 지금은 살아남아야 한다.

살아남아야 연금술사가 위대하다는 것을 보여줄 수 있지 않겠는가.

약한 자도 승리할 수 있다는 것을 보여주고 싶었다.

그러니 기꺼이 악마가 되어주마.

오열은 주먹을 꽉 쥐었다.

*　　　*　　　*

장록수는 택배가 온 것을 열어보았다.

택배치고는 무겁고 컸다.

뚜껑을 열자마자 기겁하였다.

상자 안에 자신이 의뢰한 암살자 이진열이 잠들어 있었다.

처음에는 죽은 줄 알았는데 아니었다.

"이봐, 일어나 봐. 내 목소리가 들리나?"

장록수는 이진열을 깨웠다.

일어난 이진열의 모습은 처참했다.

눈이 파이고 사지가 기형적으로 꺾여 있다.

아무런 단서도 없다.

택배기사를 다시 불러 이야기를 했지만 인상착의가 아니었다.

'놈은 악마였어. 우린 악마를 건드린 것이야.'

장록수는 두려움이 온몸을 사로잡는 것을 느꼈다.

어떻게 개인이 이렇게 악한 짓을 서슴지 않는지 이해가 되지 않았다.

하지만 증거는 남아 있지 않았다.

설혹 증거가 있다고 하더라도 경찰에 신고할 수도 없다.

도대체 무엇으로 신고를 한단 말인가.

어디로 갔고 왜 갔다고 말하겠는가. 그리고 상대가 순순히 인정을 하겠는가.

이진열은 킬러다.

암살자가 흔적을 남겨놓고 다니지 않으니 증인이 있을 리가 없다.

그러니 상대가 부인하면 그것으로 끝이다.

"젠장! 젠장! 빌어먹을!"

장록수는 눈에 보이는 대로 모두 집어 던졌다.

화병이 깨지고 명패가 날아가고 책이 찢어졌다. 비서가 들어왔다가 황급히 물러갔다.

그는 자리에서 일어나 술병을 집어 들었다.

가끔 마시는 위스키다.

술이 한 모금 목구멍을 통해 넘어가자 속이 화끈거리며 정신이 들었다.

그는 상자에 있는 이진열을 바라보았다.

눈도 없이 괴물처럼 된 그를 보며 공포와 함께 악이 생겼다.

마치 상대가 악이고 부수어야 할 대상으로 여겨졌다.

자신들이 먼저 시비를 걸고 폭력을 행사한 것은 이미 저 멀리 사라져 버렸다.

"반드시 죽이고 말겠어."

그는 소파에 앉아 어둑해지는 거리를 바라보며 중얼거렸다.

창문을 통해 사람들이 바쁘게 지나가는 것이 보였다.

이 도시에서 왕처럼 살고 싶었다.

이렇게 초라하게 공포에 떨 줄은 예상도 못했다.

* * *

오열은 바빴다.

아바타를 접속하면 하루가 다르게 변하는 전쟁 소식에 정신이 없었다.

다행인 것은 숨마의 영주 나탈리우스 백작이 전면에 나서면서 오스만 왕국의 저항이 본격화된 것이다.

'나탈리우스 백작이라……. 괜찮은 장군이지. 이제 오스만 왕국의 본격적인 투쟁이 시작되는 것인가.'

문제는 바티안의 착취가 너무 심해 오스만 왕국 내에 남아 있는 자원이 거의 없을 정도라는 것이다.

전쟁은 무기만 있으면 할 수 있는 것이 아니다.

병사들은 먹고 입어야 한다.

또한 병사들이 쉴 수 있는 천막도 필요하다. 비를 맞으며 전쟁을 수행할 수는 없다.

이런 이유로 오스만 왕국의 저항군이 전투에서 승리하지 못하고 있었다.

적은 잘 먹고 잘 잤다.

반면 오스만 군은 못 먹고 제대로 쉬지도 못했다. 싸움이 될 리가 없다.

무언가 도움을 주고 싶은 마음이 없는 것은 아니었지만 할 수 있는 것이 없었다.

아바타는 무적이 아니다.

언제까지 접속할 수 있는 것도 아니다.

본체의 건강을 위협할 정도의 긴 접속은 좋지 않았다.

오열은 애초부터 이곳 세상에 큰 관심이 없었다.

마침내 나탈리우스 백작이 페테에 들렀다.

오열은 웃음이 났다.

슘마에서 도망가기 위해 그에게 뇌물로 화약이 든 화살을
바쳤다.

이제는 그가 도망자가 되어 페테에 온 것이다.

물론 저항군의 사령관이라는 명칭이 있지만 역시나 도망
을 온 것은 맞았다.

오열은 몬스터들의 부산물을 살펴보았다.

그동안 잡아놓은 것이 많아 쓸 만했다.

오열은 페테의 함부르크에서 나탈리우스 백작에게 면회
신청을 했다.

"누구라고 전해 드릴까요?"

"슘마에서 화살을 준 사람이라고 하면 알 것입니다."

경비병에게 오열은 말했다.

경비병이 고개를 갸웃거리며 들어갔다가 나올 때는 나탈
리우스 백작과 함께 왔다.

그는 지쳐 보였지만 형형한 눈빛을 그대로 가지고 있었다.

강인해 보이는 턱과 눈이 신념을 잃지 않은 귀족의 면모를
보여줬다.

"아, 반갑습니다. 이곳에서 은인을 볼 수 있게 되다니 놀랍
군요."

"하하, 살아 계셨군요."

"덕분에요."

"흠, 화살을 주고 나서 우연하게 바티안 군과 부딪친 적이 있습니다. 그 때문에 고생을 좀 많이 했죠."

"하하하, 그 덕분에 제가 살아남은 것입니다. 바티안 군의 관심이 흩어지는 바람에 나만 남작의 전략이 맞아떨어져 적지 않은 병사들이 살 수 있었지요. 아참, 이럴 것이 아니라 안으로 드시지요."

백작의 말에 오열은 고개를 끄덕였다.

어차피 그는 이곳 사람이 아니다.

귀족이든 아니든 상관이 없다는 말이다.

게다가 지금은 오스만 군에게 큰 도움을 주려고 온 것이 아닌가.

오열은 차를 마시며 묵묵히 나탈리우스 백작을 바라보았다.

그는 왠지 이 남자가 좋았다.

자신에게는 없는 정직한 눈빛과 고귀한 이상을 가진 것 같아 좋았기 때문이다.

"외국인이라고 하시더니 아직도 이곳에 머물고 계십니다."

"애인이 이곳 사람입니다. 그래서 떠나지 못하고 있습니다. 잠시 후에는 조금 더 안전한 곳으로 옮길 생각입니다."

"아, 그렇군요."

나탈리우스는 안타까운 표정으로 오열을 바라보았다.

도와달라는 말을 하고 싶지만 차마 말을 하지 못했다.

"저는 오스만 왕국의 싸움에는 개입할 수 없습니다. 다만 저번에 드린 화살은 다시 드릴 수가 있습니다."

"오, 정말입니까? 고맙소이다. 고마워요."

나탈리우스 백작이 허리까지 굽히며 오열에게 감사를 표했다.

그래 봐야 돈도 받지 못하고 주는 것이라 그다지 마음은 좋지 못했다.

다만 아만다에게 한소리 할 수 있으면 되었다.

나탈리우스 백작이 오열의 말에 그렇게 좋아한 이유는 마법사의 파이어 볼에는 미치지 못하지만 그에 비견되는 강력한 화살을 가지게 되는 것은 전쟁의 승패에 중요한 역할을 할 수 있기 때문이다.

특히 마법사는 숫자가 제한되어 있고 마법을 쓸 때 주문을 외우는 시간이 많다.

위력에 비해 시간의 소요가 많다.

하지만 연금술사의 화살은 아무 때나 언제든지 쏠 수 있다는 장점이 있다.

전쟁이 정점을 향해 치닫고 있었다.

오열은 오스만 왕국군이 이기기를 바랐다.

그래야 일상이 정상으로 돌아올 테니까 말이다.

＊　　　＊　　　＊

오열은 거리를 걸었다.

언제나처럼 메탈아머를 입고 그 위에 가벼운 겉옷을 걸쳤다.

충무로에는 특수 분장 관련 가게가 몇 개 있기 때문이다.

한국 영화에 나오는 대부분의 분장 기구들이 모두 여기에 있다.

오열이 이곳에 들른 이유는 암살자가 그의 얼굴을 알아본 것에 충격을 먹었기 때문이다.

어두운 던전 안이라고 안심했는데 첨단 장비에 의해 본래의 얼굴이 복원된 것이다.

오열은 스파이더맨처럼 자신의 본체를 숨기는 가면을 하나 만들 생각이다.

사실 그가 이곳에 온 이유는 얼굴의 본을 뜨는 기술을 배우기 위해서이다.

나머지는 그 스스로 할 수 있다.

오히려 연금술사인 그는 특수 촬영을 위한 분장보다 더 가볍고 실용적인 물건을 만들 수 있는 재료를 가지고 있었다.

"어서 오세요, 손님. 뭘 도와드릴까요?"

"가면 만드는 법을 배우고 싶어서요."

"아, 그러시군요. 이리로 오시죠. 그런데 무슨 가면을 만드시려고 하나요?"

"제 얼굴에 맞는 아주 그럴듯한 가면이요."

오열의 말에 직원이 미소를 지었다.

이곳에 오는 사람들은 여러 가지 이유로 온다.

영화를 위해 오는 사람도 있고 불법적인 이유로 오는 사람도 있다.

하지만 그에게는 그저 고객일 뿐이다.

"가면을 만들려면 석고로 본을 뜬 다음 실리콘과 같은 재료로 틀을 만드는 것이 중요합니다. 특정 인물, 즉 예를 들면 연예인처럼 만들려고 할 때에는 정교하게 모사할 수 없습니다. 그게 아니고 독창적인 외모를 만들 때에는 생각보다 쉽습니다."

"아, 석고로 본을 뜨나요?"

"하하, 아닙니다. 요즘은 그렇게 만들지 않습니다. 일반인들이 이해하기 쉬우라고 그렇게 말씀드린 것이고요, 라텍스 52번이라는 재료가 있는데, 이것을 사용하면 매우 정교하게 본을 뜰 수 있습니다. 그리고 석고와 마찬가지로 한 번 만들어진 본은 계속 사용이 가능합니다. 물론 재료와 안료는 조금씩은 필요하지요."

오열은 직원의 설명을 듣고 재료를 구입했다.

본을 뜨는 것은 혼자 하기 힘들어서 아예 직원의 도움으로 거기서 본을 떴다.

오열은 가면을 만드는 작업이 재미있었다.

매뉴얼로 받아온 가면을 만드는 방법과 패턴이라는 책자에는 다양한 가면을 만드는 법이 나와 있었다.

배트맨 가면과 스파이더맨 가면을 만드는 것은 쉬웠다.

그런 형식의 가면은 가면이라기보다는 복면에 가까웠다.

사실 재료가 아까운 가면이라고 할 수 있었다.

'음, 가면이야 차차 실력이 늘면 자연스럽게 만들어지겠고, 아머의 방어력을 올릴 방법이 없을까?'

모나베헴아머가 다른 아머에 비해 엄청난 방어력을 갖추고 있지만 적들이 너무나 강했다.

만약 붉은 늑대가 처음부터 몬스터용 화살을 쓰거나 에너지소드를 사용하면 당해낼 재간이 없다.

'어떻게 한다?'

오열은 혼자 생각하니 아이디어가 떠오르지 않았다.

그는 잔머리가 뛰어날 뿐이지 천재는 아니었다.

이런 경우는 경험이 많은 사람에게 물어보는 것이 현명한 일이다.

오열은 아바타에 접속하여 가장 먼저 브로도스에게 물어봤다.

"썩을 놈. 손녀와 붙어먹더니 이제야 찾아오느냐?"

"하하하, 제가 너무 바쁘다 보니 그렇게 되었습니다."

"실험할 몬스터 재료가 떨어졌다."

"벌써요?"

"이놈아, 몬스터 잡아다 준 지가 언젠데 그게 아직까지 있겠느냐?"

"아, 요즘은 시간이 없어서요. 조만간 왕창 잡아오겠습니다. 그런데 말이죠, 제 아머를 강화시킬 방법이 없겠습니까?"

"네놈의 그 번쩍이는 아머도 굉장히 강해 보이던데?"

"생각보다 허접해요. 어떻게 방법이 없을까요?"

"몬스터 가죽을 이용하는 방법이 있지. 몬스터 가죽은 그 고유의 방어력이 있어. 대부분의 사람은 몬스터 가죽으로만 된 갑옷도 감지덕지해하는데 네놈은 그렇게 좋은 갑옷을 입고도 성능을 올리려고 하는군."

"목숨은 소중하잖아요. 여기도 보니 조만간 전쟁이 날 것 같던데요."

"흠, 그건 그렇다. 그런데 너는 여기 계속 있을 것이냐?"

"아뇨. 이사를 가야죠. 군인도 아닌데 여기 있어봤자 도움도 안 되죠."

"네놈은 도움이 꽤 될 터인데."

"저야 어느 쪽이 이기든 상관없으니까요."

"하긴 네놈에겐 실속 없는 짓이지. 하여튼 막스가 문제야. 겉멋만 들었어. 네가 어떻게 좀 해봐라."

"저도 설득은 못합니다. 그냥 날이 되면 잠재워서 데리고 가면 되지 않아요?"

"오, 그런 방법이 있었군. 그거 좋은 생각이다. 그러자꾸나."

브로도스는 전쟁이 페테에서 일어날 수 있다는 말을 듣고 마음이 몹시 불편했다.

그뿐만 아니라 이 도시에 사는 거의 모든 사람이 그런 생각을 하고 있었다.

그래서 그는 오열의 말을 듣곤 손뼉을 치며 좋아했다.

그도 괴팍한 성격이라 일일이 아들 내외를 설득하는 일에는 자신이 없었다.

"그런데 왜 아만다 부모님은 이곳을 떠나지 않으시려는 겁니까?"

"그놈이 그래도 나라가 주는 밥을 먹었다는 거 아니냐. 한때는 잘나가던 놈인데 나라가 이 모양 이 꼴이 되어버렸으니.

에잉!"

브로도스는 눈살을 찌푸리며 고개를 절레절레 흔들었다.

오열이야 그들이 애인의 부모님이니 챙기기는 챙겨야 하는데 말이 통하지 않아 애를 먹었다.

마음 같아서는 아만다만 챙기고 싶은데 그랬다가 덜컥 부모님이 돌아가시기라도 하면 그 원망을 감당할 자신이 없었다.

이렇게 해도 안 되고 저렇게도 해도 안 되는 상황이라 정 안 되면 수면제를 먹이고 이사를 갈 생각이었다.

골치 아프게 생각하는 것은 그의 성격에 맞지 않았다.

"그러면 몬스터의 가죽이 두꺼운데 제 아머 위에 덧붙일 수 있겠습니까?"

"자네는 연금술을 너무 뜨문뜨문 보는군. 자네, 몬스터를 잡아 무엇으로 보관하나?"

"생명력을 뽑아 보관합니다."

"맞아, 바로 그거야. 방어력은 몬스터 가죽의 두께가 문제가 아니라 에너지의 문제지."

"아, 그렇군요."

"보여주지."

브로도스가 오크 가죽을 하나 꺼내 무두질을 했다. 그리고는 약품 처리를 하며 시간을 보냈다.

"이렇게 해서 가죽을 만드는 것이지."

"아, 네."

오열이 보았을 때 별로 달라진 바가 없었다.

브로도스는 무두질이 시간이 걸리자 다른 것들을 가르쳐 주었다.

가죽은 이틀 뒤에 만들어졌는데 종이처럼 얇았다.

"이것이 어떻게 된 것이죠?"

"불필요한 것들을 제거하면 가죽의 두께는 반으로 얇아지지. 거기다가 약품 처리를 하면 또 얇아져. 이 경우는 압착이지. 압착에는 돈이 많이 들어가. 꽤 비싼 재료가 많이 들어가니까. 돈 많은 귀족들이 돈지랄할 때 이런 식으로 갑옷을 만들면 가볍고 견고해서 전투하기에 좋지."

"실제로 사용하는 사람이 많나요?"

"많다고 봐야지. 음, 사실 많아. 얼마 전에 여기에 온 나탈리우스 백작인가 하는 그 사람의 갑옷도 이런 종류의 것이고 빈트 영주의 갑옷도 마찬가지지."

"그렇군요."

몬스터의 가죽은 의외로 방어력이 높다.

문제는 몬스터 가죽의 방어력과 메탈아머의 방어력을 어떻게 결합시키느냐에 따라 달려 있었다.

오열은 브로도스가 설명해 준 순서와 과정들을 외워놓고

실험을 해보았다.

브로도스가 만든 것만큼은 아니지만 정말 가죽이 얇아졌다.

'그런데 뽀대 나게 하려면 실험을 엄청 해야 하겠는데.'

오열은 실험을 생각하자 본전 생각이 났다.

필요한 실험이지만 부재료가 많이 들어간다.

몬스터의 가죽이야 사냥을 해서 잡으면 나오지만 다른 재료들은 그렇지가 않았던 것이다.

오열은 의기양양한 브로도스에게 그러면 드래곤메탈아머와 어떻게 연결시키느냐고 물어봤지만 방법이 없다고 했다.

"그럼 그게 뭐예요?"

"이 방법은 일반 갑옷에 사용하는 거네. 자네의 갑옷은 특수하게 만들어지지 않았나?"

오열은 브로도스의 지적에 고개를 끄덕였다.

메탈아머의 경우는 메탈드워프가 만든다.

메탈아머는 탈착이 쉽고 변형이 가능하여 착용자의 체형에 예민하게 반응한다.

즉, 센서가 착용자의 신체에 반응하여 저절로 크기가 조절되는 형식이다.

오열은 골머리를 앓았다.

아머의 방어력을 높이는 것은 생각보다 어려웠다.

하지만 메탈아머의 방어력은 그의 생명과 직결된다.

그러니 어렵더라도 쉽게 포기할 수 있는 상황은 아니었다.

'아니, 애초에 메탈아머의 성능부터 더 향상시켜야 해.'

오열은 즉시 네오23을 작동시켜 하늘을 날아올라 우주함선에 도착했다.

이번에도 이철수 대령이 그를 반갑게 맞이했다.

"어서 오게. 오늘은 또 어떤 일인가?"

"박사님께 의논드릴 일이 있어요."

"뭔데 그러는가?"

"현실 세계의 일인데, 조금은 비밀 이야기라서요."

"걱정하지 말게. 나야 군인이지만 원래부터 과학자 아닌가."

"흠, 그럼 안심하고 말씀드리겠습니다. 제가 던전 사냥을 하다가 거대 길드와 부딪혔습니다. 그런데 이놈들이 저에게 불법으로 대몬스터용 화살을 사용하더군요. 이철수 대령님이 만들어주신 모나베헴아머가 아니었다면 저는 아마도 죽었을 것입니다."

"하하하, 그런 일이 있었나?"

이철수 대령은 오열이 자신이 만든 아머를 칭찬하자 기분이 좋아졌다.

사실 이 우주함선에만 처박혀 있다 보니 그는 심심하기 짝이 없었다.

그래서 그의 유일한 취미인 실험을 하고 싶은데 재료가 많이 들었다.

특히나 에너지스톤이나 철광석과 같은 경우는 오열의 도움 없이는 구하기가 힘들었다.

그래서 뇌물로 하나 만들어줬는데 그게 주효한 것이다.

'후후, 이제 곧 땅굴 하나 파겠군.'

그는 만면에 미소를 지으며 오열을 바라보았다.

오열은 이철수 대령이 어떤 의미로 미소를 짓는지 알았음에도 불구하고 그에게 부탁을 할 수밖에 없었다.

"모나베헴아머보다 더 강한 메탈아머를 만들 수 있습니까?"

"물론이네. 그거야 내가 자네에게 공짜로 만들어준 것이지. 돈만 준다면 멋지게 만들어줄 수 있네. 물론 재료도 자네가 제공해 줘야지."

"정말입니까?"

"아머의 성능은 주재료인 합금, 그리고 마정석, 여기서는 에너지스톤이 들어가지. 지구의 아머가 성능이 약한 것은 드워프들 탓이 아니야. 에너지스톤이 없어서이지. 어쨌든 모나베헴 합금은 굉장히 훌륭한 금속이긴 하지만 최고는 아니네. 아다티움과 모나베라를 적절하게 섞으면 최상의 금속이 나오네."

"아, 그렇군요. 모나베라는 제가 가지고 있는데 아다티움은 없어서."

"걱정하지 말게. 자네는 땅만 파면 되네."

"어디 있는지는 알고 계십니까?"

"암, 알지. 자네가 하도 기겁해서 차마 이야기를 하지 못하고 있었는데 사실 우리도 그 금속이 필요하다네."

"확실히 새 아머는 방어력이 뛰어난가요?"

"물론이지. 나를 믿게."

오열은 땅 파기가 싫어 이철수 대령에게 물어봤지만 그는 단번에 그렇다고 말했다.

그가 이렇게 확신하는 것을 보니 좋기는 좋은 것이 확실했다.

'흐음, 땅을 파긴 파야겠군. 실험 재료도 부족하니 이참에 확실히 챙기자.'

오열은 가능한 많은 아바타를 지원해 달라고 하고는 접속을 종료했다.

우연히 붙은 거대 길드와의 마찰로 인해 어려움을 겪고 있지만 얻는 것도 많았다.

오열은 독고다이의 어려움을 절실하게 느끼고 있었다.

단체가 강한 이유는 서로의 단점을 커버해 주기 때문이다.

궁수는 몬스터 사냥에서 별로 인정받지 못하는 사냥꾼이다.

그런데 붉은 늑대는 그런 사람들로만 최고의 파티를 만들었다.

발상의 전환만큼은 인정해 줄 만했다.

오열은 끝없이 생각했다.

어떻게 하면 이길 수 있을까?

어떻게 하면 방어력과 공격력을 증가시킬 수 있을까?

생각이 모이면 집념의 싹을 틔운다.

집념이란 오직 한 가지에 생각을 집중하는 것이다.

생각을 집중할수록 많은 방법이 떠올랐다. 똥을 누면서도 밥을 먹으면서도 그는 생각했다.

오열은 아마타에 접속하여 땅을 팠다.

아바타를 많이 지원받아 일은 신속하게 이루어졌다.

그가 하는 일이란 화약을 사용하는 것뿐이다.

이제 화약을 사용하는 것이라면 눈 감고도 할 수 있을 정도로 전문가가 되었다.

암반의 종류, 지층의 구조 등은 딱 보면 얼마의 화약을 써야 할지 알 수 있었다.

열심히 해서인지 시작한 지 한 달도 안 되어 작업이 끝났다.

아다티움을 건네받은 이철수 대령의 입이 귀까지 찢어졌다.

"오, 정말 황홀한 금속이군."

"좀 값이 나가는 금속이긴 하네요."

오열은 금속의 강도를 테스트해 보았다.

모나베라도 강했지만 아다티움은 그보다 배는 더 강했다.

최고의 금속인 것은 맞았다.

연금술을 배운 그가 금속을 제련하는 데 어려움을 겪을 정도였다.

"하하하, 자네의 장비를 최우선적으로 만들어주지."

"감사합니다. 아, 그런데 연금술로 몬스터 가죽을 아주 얇게 만들 수 있습니다. 아머를 만들 때 어떻게 안 될까요?"

"몬스터 가죽이라고? 얼마나 얇아지는데?"

오열은 가방에서 오크 가죽을 하나 내주었다.

이철수 대령은 가죽을 가지고 이리저리 보더니 감탄한다.

가죽이 종이처럼 얇았던 것이다.

그는 즉시 몬스터 가죽의 강도를 측정해 보고는 고개를 끄덕였다.

"굉장한데? 연금술이라는 게 이렇게 대단한 것인지 몰랐네."

"땅 파는 것도 연금술의 일부예요."

"허허, 그렇긴 하지."

그는 고개를 끄덕였다. 그리고 웃으며 말했다.

"왜 그것을 메탈아머와 결합하려고 하는가?"

"네?"

"자네는 그 빌어먹을 길드하고 붙을 때만 쓰면 되는 것 아닌가?"

"그렇죠."

"그러면 방법이야 얼마든지 많지."

"아하!"

오열은 이철수 대령의 말에 감탄했다.

듣고 보니 외투 형식으로 만들어도 충분했던 것이다.

오히려 갑옷과 결합되면 만들기만 복잡해지고 비용도 많이 들어가게 된다.

생각을 바꾸면 방법은 언제나 생기는 법이다.

*　　　*　　　*

오열은 성격이 지랄 같지만 무모하지는 않았다.

딱 보면 견적이 나오는데 오기로 덤비는 스타일은 아니었다.

그래서 메탈아머의 방어력을 높이는 데 전력을 기울이고 있는 것이다.

그에게 있어선 자신의 안전이 가장 먼저였다.

다른 사람의 목숨은 자신의 손가락 하나만의 가치도 없다고 생각한다.

하지만 그는 남에게 민폐를 끼치는 성격은 또 아니다.

내가 싫은 것을 남에게 절대로 강요하지 않는다.

오열은 아다티움아머를 받았을 때 굉장히 놀랐다.

무려 방어력이 530,000HP나 되었다.

현실에서 있을 수 없는 수치가 나온 것이다.

이철수 대령의 말대로 지구에 없는 희귀 금속으로 만든 것이라 이런 터무니없는 방어력이 나온 것이다.

게다가 들어간 재료가 이전과는 다르게 엄청나게 들어갔다.

오열은 자신이 연금술사라는 것이 자랑스러웠다.

그가 땅을 팔 수 있어서 이런 행운이 온 것이다.

만약 우주전함에 광부가 한 명이라도 있었다면 이철수 대령은 그에게 이렇게 큰 특혜를 주지 않았을 것이다.

뭐든지 유니크해야 제 가치를 인정받게 되는 것이다. 희소성이야말로 돈이고, 능력이 되는 세상이다.

오열은 아다티움아머에 들어간 재료를 생각하곤 고개를 끄덕였다.

에너지스톤만 해도 무려 열두 개가 들어갔고, 마정석은 셀 수도 없을 만큼 많이 들어갔다.

들어간 재료에 비하면 방어력이 과한 것은 아니지만 그래도 수치상으로 지상에서 존재하는 가장 강한 메탈아머가 될 것이다.

"하하하, 이놈들, 이제 두고 봐라. 준비를 마치면 붉은 늑대가 더 이상 길드로 존재하지 못하게 해주마."

오열은 오만한 웃음을 터뜨리며 비열한 웃음을 지었다.

오열은 새로 만든 망토도 착용했다.

거울을 보니 정말 죽여줬다.

망토의 방어력 역시 굉장히 좋았다.

구조가 단순하다 보니 몬스터의 가죽에 모나베라를 교묘하게 겹쳐서 만들 수 있게 된 것이다.

검은빛이 나는 망토를 손으로 툭 쳐보니 영화의 주인공처럼 멋져 보였다.

오열은 모나베헴아머를 아바타가 사용하고 가장 나쁜 드래곤메탈아머를 경매에 넘겼다.

그는 일주일 후에 낙찰된 경매 가격을 보고 놀랐다.

아주 예전에 구입한 거라 가격이 낮을 거라고 생각했다.

그런데 아머를 판 가격이 무려 62억이나 되었던 것이다.

'왜지?'

아무리 생각해 보아도 이해가 되지 않았다. 드래곤메탈아머는 고작 방어력이 72,000HP에 불과하다. 그런데 62억이나 하다니.

'아, 그러고 보니 그건 강화가 여러 번 되었던 것이구나.'

오열은 자신이 가진 메탈아머의 방어력이 무지막지해서 착각하고 있음을 알았다. 아직 드래곤메탈아머 정도면 쓸 만한 아머에 속했던 것이다.

'워, 그게 62억이나 한다면 이건 부르는 게 값이겠네. 후후, 아참. 그러고 보니 모나베헴아머나 지금 이 아머도 강화를 할 생각을 못했구나.'

오열은 그제야 장비가 강화시킬 수 있는 것임을 알았다.

워낙 성능이 좋다 보니 강화할 생각을 안 했던 것이다.

"우하하하, 니들 다 죽었어."

오열은 한참을 신 나게 웃다가 갑자기 입을 다물었다.

생각해 보니 강화비가 없었다.

강화라는 것은 장비의 성능에 따라 들어가는 재료가 달라진다.

마정석으로 강화하는 것이라 아다티움아머를 강화하기 위해서는 보스 몬스터나 잡아야 나올 것이다.

그는 마정석이 담긴 가죽을 모두 펼쳐보았다.

아직 남은 녹색의 마정석 한 개와 파란색 마정석 한 개가 보였다. 나머지는 별 볼 일 없는 것들이다.

"파란색 마정석으로 강화는 가능할지는 몰라도 능력치가

별로 올라가지 않을 것 같은데."

오열은 통장에 있는 260억을 기억했다.

그리고 질렀다.

파란색 마정석 하나가 공중으로 사라졌는데 메탈아머의 성능은 달랑 19,900HP가 증가했다.

일반 메탈아머라면 굉장한 성능 향상이지만 워낙 엄청난 아다티움아머였기에 그저 그렇게 보였다.

50억이 공중으로 사라진 것치고는 조금 허무했다.

요즘 시세로 파란색 마정석은 50억 정도 했다. 이로써 아머의 HP는 550,000이 되었다.

오열은 신경가스를 다량으로 만들었다. 최루가스에 수면가스와 신경마비가스까지 섞었다.

'녀석들이 설마 방독면까지 쓰고 오는 것은 아니겠지?

오열은 화살까지 점검하고 오랜만에 몬스터 사냥을 떠났다.

던전에 들어서자 사람들이 그를 봤지만 아는 체를 하지 않았다.

오열이 가면을 착용했기 때문이다.

'이참에 몬스터 사냥하며 돈이나 벌까?

오열은 사람들이 자신을 알아보지 못하자 그런 생각을 했다.

오열이 한곳에 자리를 잡자 그제야 사람들이 그를 알아보았다.

제2던전에서 지금까지 혼자 사냥을 한 사람이 없었기 때문이다.

"어, 그 사람인가 보다."

"누구?"

"거 있잖아. 붉은 늑대하고 붙어서 개박살 낸 그 사람."

"와우, 그런데 뽀대가 작살이다."

"돈이 얼마나 많으면 저렇게 폼 나는 아머를 갖춰 입었을까?"

"그러게 말이야. 혹시 재벌 2세 아냐?"

사람들이 오열을 보며 자기들끼리 쑥덕거렸다.

한참을 사냥하는데 분위기가 이상해졌다.

뒤를 돌아보니 역시나 붉은 늑대가 보였다. 그리고 오열이 미처 준비도 하기 전에 화살이 날아왔다.

붉은 늑대 길드원들이 첫 화살부터 몬스터용 화살을 날린 것이다.

오열은 사람들이 자신과 붉은 늑대를 보고 있는 것을 알기에 화살에 넘어지는 모션을 크게 취했다.

그러자 화살이 몇 발 더 날아왔다.

오열은 일어나 부스터를 켜고 도망가기 시작했다.

등 뒤로 여섯 개의 화살이 꽂혔다.

다행히도 망토가 충격을 일부 흡수해서 견딜 만했다.

"조심해. 저놈이 도망간다."

"2차 지원팀이 올 때까지 대기!"

"곧 길마님이 오실 것이다."

오열이 앞쪽으로 달려가 보니 몬스터들이 보였다.

타원형으로 생긴 광장 뒤로 양 갈래로 갈라진 길이 보였다.

오열은 천천히 다가가 몬스터를 사냥했다.

시간이 없어 몬스터용 마취제를 쏘았음에도 불구하고 몬스터는 마취제에 영향을 받지 않고 오열을 공격하였다.

마취가 잘 통하지 않는 몬스터가 따로 있는 것인지, 아니면 몬스터의 급수가 올라가면 마취제가 더 많이 요구되는지 몰랐다.

몬스터는 도마뱀처럼 생겼고, 커다란 창과 같은 생긴 검은색 뼈를 가지고 있었다.

몸통의 비늘은 파란색이었는데 움직일 때마다 마치 바닷물이 출렁이는 것 같았다.

입은 거대하고 날카로운 이빨을 가지고 있어 물린다면 단번에 팔이나 다리가 순식간에 반 토막이 날 것 같았다.

오열은 도마뱀이 눈을 껌벅이며 공격하는 모습을 보니 무지 웃겼다.

하지만 검은 뼈가 살짝이라도 스치면 바람 소리가 났다.

그 빠른 속도에 공기가 허공 속에서 놀라 부르짖곤 했다.

오열은 에너지소드를 뽑아 메탈에너지를 집어넣었다.

5미터에 육박하는 검기 다발이 휘청거리며 파란색의 리자드를 향해 날아갔다.

퍽!

오열의 검이 뼈에 막혀 뒤로 튕겨져 날아왔다.

'뭐가 이리 세?'

오열은 보스 몬스터도 아닌데 이렇게 센 도마뱀을 보며 속으로 비명을 질러댔다.

이럴 때 뒤치기라도 당하면 큰일이라는 생각이 나서 뒤통수가 뻐근했지만 다행스럽게도 붉은 늑대는 나타나지 않았다.

'상대의 약점을 공격하라.'

오열은 갑자기 정신이 들었다.

그러고 보니 상체는 굉장한 힘과 스피드를 가지고 있는 데 반해 발은 느렸다.

이제야 그것을 알아채다니 오열은 자신이 한심스러웠다.

'항상 약점을 이용하라. 그리고 나의 단점을 장점으로 만들어라.'

승리의 주문이다.

오열은 리자드의 공격을 피해 고개를 숙이고 그대로 미끄러져 다리를 베었다.

녹색의 피가 어둠을 타고 흘러내리자 파란 피부가 기괴하게 보였다.

"뚜뜨뚜뚜."

리자드맨이 소리를 내자 주위에 있던 다른 도마뱀들이 반응을 보이기 시작했다.

"망했다."

오열은 재빨리 상처를 입은 도마뱀을 공격했다.

스피드를 잃은 도마뱀의 공격이 눈에 띄게 느려졌다.

"빙고!"

오열은 그제야 머릿속에서 밝은 빛이 들어오는 것 같았다.

오열은 미소를 지으며 푸른 리자드맨을 잡았다.

목이 떨어지고 나서 세 마리의 리자드맨이 공격해 왔지만 오열은 간신히 피하면서 몬스터의 다리를 집요하게 노렸다.

20분이나 지나서야 리자드를 처치할 수 있었다.

"헉헉."

오열은 가쁜 숨을 내쉬었다.

아머를 보니 HP가 거의 5만이나 떨어졌다.

몬스터를 상대하면서 이렇게 많은 HP를 소모한 적이 없어 오열은 약간 당황했다.

오열은 아직도 붉은 늑대가 오지 않은 것을 보며 도마뱀을 마법 주머니에 그냥 넣었다.

도축을 하고 싶었지만 시간이 없었다. 마정석만 채취하고 그대로 통째로 넣었다.

오열에게는 특히나 검은색 뼈가 굉장한 흥미를 유발시켰다.

무슨 뼈이기에 에너지소드에 맞고도 잘리지 않는지 굉장히 의아했다.

"왜 안 오지?"

오열이 가만히 다가가 보니 입구에 아직 길드원이 다 모이지 않았다.

오열이 갑자기 나타나자 붉은 늑대의 소집이 제때에 이루어지지 않고 있는 것이다.

길드원들도 그들 나름의 사생활이 있을 터인데 갑자기 모이라고 하면 그것은 아무래도 무리가 있다.

"꼬락서니를 보니 오늘은 별일 없겠군."

오열이 피한 것은 궁사들이 갑자기 몬스터용 화살을 날려서 그런 것이다.

"숫자가 적을 때 한번 손을 봐줘?"

오열은 손이 근질거렸지만 다른 메탈사이퍼들이 보는 것이 염려가 되었다.

그리고 그들이 전투 중에 어떻게 끼어들게 될지 모르는 일이다.

그가 가진 무기는 대부분 대단위 공격력을 갖춘 것들이다.

신경가스를 살포해도 주변에 있는 불특정 다수가 모두 걸리게 된다.

그런데 그들 중 일부가 싸움에 끼어들게 되면 새로운 적이 생기게 된다.

오열은 주변의 도마뱀을 보면서 한 마리씩 유인해 차분하게 잡기 시작했다.

한참을 그렇게 사냥을 해도 아무도 오지 않자 잡은 몬스터를 도축하기 시작했다.

"흠, 이참에 아지트 하나 만들어야겠군. 몬스터도 다 처리하지 말고."

오열은 몬스터를 조금 남겨두고 천장을 향해 왼손을 휘둘러 거미줄이 나오게 만들었다.

그는 천천히 벽을 타고 이동하기 시작했다.

갈라진 길은 어떤 곳이 자신에게 유리할지 알 수 없기에 조심스럽게 접근했다

오른쪽은 아무것도 없었다.

오열은 천장에서 에너지소드를 휘둘러 벽을 파기 시작했다.

작업을 어두운 곳에서 하기에 언뜻 보면 잘 보이지 않았다.

화약을 사용하여 적당한 크기의 굴을 천장에 만들어놓았다.

몬스터가 득실거리는 곳에 쉴 거처를 마련한 것이다.

"이거 정말 괜찮네."

오열은 자신의 왼손을 바라보며 중얼거렸다.

그는 네오23이 있기에 하늘을 날 수 있지만 속도가 정말 빨랐다.

그리고 한곳에 머무는 것도 쉽지 않았다.

물리적으로 불가능하지는 않지만 훈련을 등한시해서인지 잘되지 않았다.

오열은 틈틈이 몬스터를 사냥했다.

일단 몬스터의 약점을 발견하니 사냥이 쉬워진 것도 있었다.

익숙해지면 요령이 생기는 법이다. 몬스터를 잡는 것이 조금씩 쉬워지기 시작했다.

하루 종일 사냥을 하고 던전을 나오니 붉은 늑대가 사라지고 없었다.

'흠, 내일 모일 생각인가 보구나.'

오늘 길드원의 모임이 제대로 잘되지 않자 다른 날로 복수 계획을 변경한 것 같았다.

오늘 잠깐의 마찰이었음에도 불구하고 붉은 늑대의 결심을 알아차렸다.

첫 공격부터 몬스터용 화살을 발사했다.

'후후후, 그러면 내가 응해줄 줄 알았니?'

오열은 그날부터 다시 잠수를 하면서 연금술을 실험했다.

시간이 생기면 아바타에 접속하여 아만다와 신 나는 시간을 보냈다.

오열은 섹스를 하면서 아만다가 절정에 도달했을 때 슬며시 메텔레스 영지로 이사를 가자고 해보았다.

메텔레스 영지는 카르디어스 남작이 다스리는 영지로 외지라 전쟁에 휩쓸리지 않을 곳이고, 우주함선이 있는 아마스트라스 숲과 가장 가까이 있는 영지이다.

평소에는 이사에 부정적이던 아만다가 오늘은 너무나 쉽게 승낙했다.

'이거 너무 쉬운데?'

베갯머리송사는 남자한테만 통하는 게 아니었다.

베갯머리송사는 절실한 사람이, 그리고 집요한 사람이 이기는 것이다.

방심하고 있을 때, 이성의 빗장이 풀려 있을 때 가장 가까운 사람이 하는 말은 여자든 남자든 쉽게 무시할 수 없기 때문이다.

오열은 아바타에 접속하면서도 중독되는 것을 경계하며 시간이 흘러가기를 기다렸다.

전쟁은 상대가 원하는 대로 해주면 필패이며, 내가 원하는 대로 전개하면 필승이다.

비록 당장에라도 붉은 늑대와 붙어도 상관은 없지만 그럴 필요를 느끼지 못했다.

철저하게 짓밟기 위해서는 인내와 기다림은 필수다.

오열은 적이 초조해질 때까지 기다리기로 했다. 그리고 은근히 소문을 퍼뜨리기 시작했다.

붉은 늑대의 장록수가 길드원을 대상으로 폭리를 취하고 있으며, 그가 운영하고 있는 유진산업은 매년 수천억의 순이익을 낸다는 것을 인터넷을 통해 은근슬쩍 흘렸다.

사람이 많이 가는 사이트에는 가지 않고 남들이 잘 사용하지 않는 사이트에서 구체적인 자료가 있는 양 추측성 내용을 달았다.

그리고 그 내용이 사람들에게 회자될 때에는 자신이 올린 내용을 지워 버렸다.

'복수는 천천히, 그리고 은밀하게.'

오열은 느긋하게 커피를 마시며 오후를 즐겼다.

그 시간 붉은 늑대의 길드마스터 장록수는 화가 단단히

났다.

노리고 있던 놈이 하루만 나타났다가 다시 잠수를 탔는데
자신과 회사에 대한 악의적인 소문이 돌고 있었던 것이다.

                *   *   *

돈이 모이는 곳에는 언제나 부정과 비리가 있게 마련이다.

몬스터 부산물 산업도 마찬가지였다.

정부도 이 부분을 알고 있었지만 묵인해 주고 있었다.

왜냐하면 이들이 세금을 많이 내고 있기 때문이다.

과거 화학에너지에 붙였던 엄청난 세금을 이들이 내고 있
었다.

오열과 같이 몬스터의 사체를 직접 가공하는 개인을 제외
하고는 기업들에게 붙는 세금이 어마어마했던 것이다.

몬스터용 장비가 비싼 이유 중의 하나가 세금이다.

부가가치세는 물론 특소세가 따로 붙기 때문에 원가에 비
해 무척 비싸게 거래되고 있다.

"국장님, 무기를 사용할 수 있도록 해주십시오."

"메탈사이퍼 간에 무기를 사용할 수 없다는 것을 알지 않
는가?"

"하지만 그 녀석에게 당한 길드원이 40명이 넘습니다. 이

대로 놔두었다가는 길드가 와해됩니다. 그렇게 되면 유진산업도 심각해집니다."

문화재청 국장인 김연우는 그의 말에 심각한 표정을 지었다.

문하재청 산하에 PMC가 있다.

그런데 그는 유진산업의 지분을 3.7%나 가지고 있다.

물론 지분은 그의 처남 이름으로 등록되어 있지만 말이다.

거기서 나오는 배당금이 매년 적지 않아 그는 마른침을 꿀꺽 삼켰다.

"자네 길드가 무기를 사용한다면 상대도 마찬가지 아니겠는가. 그것은 안 되는 일일세. 그리고 그것은 자네를 위해서도 좋은 거야."

"혹시 제가 모르는 뭔가가 있는 것 아닙니까?"

어색한 표정의 김연우 국장을 보며 장록수가 캐물었다.

어떤 면에 있어서 둘은 한배를 탄 사이라 할 수 있었다.

퇴직을 앞둔 그에게 유진산업의 지분은 그의 노후자금이 되어줄 것이기 때문이다.

"그, 그건 아니네. 다만 자네에게 연락이 오고 나서 그자의 신상명세서를 살펴보았네. 그런데……."

"그런데요?"

"아무것도 없었네."

"네에?"

"이상해서 관련자에게 물어봤지. 깨끗해도 너무 깨끗했거든. 그랬더니 그 부하 직원이 뭐라고 하는지 아는가?"

"……?"

"대외 비밀이라네. 코드네임 블루 이상만이 볼 수 있는 것이지. 즉, 그의 신상명세서를 볼 수 있는 사람은 국왕전하와 총리, 그리고 PMC에서는 소장과 국장, 이렇게 네 명밖에는 열람을 할 수 없었네."

"어째서입니까?"

"그걸 알면 내가 가만히 있겠나?"

"으음."

장록수는 불길한 느낌에 사로잡혔다.

처음 부딪쳤을 때부터 느낌이 좋지 않았다. 그런데 끝내 그의 촉을 건드리는 뭔가가 있다.

"하지만 자네가 사고사로 처리하면 내가 그것을 무마해 줄 수는 있네."

"그렇게 되면 따로 사례를 섭섭하지 않게 하겠습니다."

"하하, 그러면 나야 좋지."

장록수는 김연우 국장과 헤어지면서 속으로 욕을 했다.

'돼지 새끼. 돈은 받아먹으면서 도대체 해주는 게 뭐야?'

보험으로 들어놓은 실력자라고 믿었던 국장이 알고 보니

껍데기에 불과했다.

그래도 지금의 그로서는 아쉬운 입장이라 어쩔 도리가 없었다.

유진산업이 확장 일로에 있지만 아직까지는 회사가 그리 큰 편이 아니었다.

그의 유진산업은 그쪽 업계에서는 거의 신생 기업이나 마찬가지였다.

그래서 그는 붉은 늑대를 과감하게 포기할 수가 없었던 것이다.

마정석과 몬스터의 부산물을 안정적으로 공급받기 위해서는 거대 길드와 반드시 연결되어 있어야 했다.

그에게 붉은 늑대의 길드마스터가 얼마나 중요한 위치인지는 두말할 나위가 없었다.

'어떻게 해서든 붉은 늑대의 명예를 되찾아야 해. 그래야 안정적인 마정석을 공급받을 수 있어.'

요즘 붉은 늑대에 반발하는 길드가 많아졌다.

살인을 할 수 없기에 붉은 늑대가 대처할 수 있는 방법도 많지 않았다.

뒤치기를 해도 항상 목숨은 살려줘야 하니 예전과 같은 카리스마가 나오지 않았던 것이다.

이미 각 조장에게는 오열이 나타나면 알아서 공격하라고

했다.

이 말은 사실상 살인을 지시한 것이나 마찬가지이다.

사전 작업을 어느 정도 다 했음에도 불구하고 기다리는 그 녀석이 나타나지 않자 장록수는 초조해졌다.

한편 그 시간, 오열은 아바타에 접속하여 메텔레스 영지로 이사를 가고 있었다.

마차 안에는 아만다의 아버지와 어머니가 수면제에 취해 잠들어 있다.

그 모습을 보고 브로도스가 껄껄거리며 좋아했다.

그가 아무리 괴팍해도 자식을 사랑하는 아버지다.

자식이 고집을 부리니 마음이 답답했다.

수도 나하른에서 행정관의 일을 했지만 왕궁과는 직접적인 관련이 없었다. 그래서 왕자가 페테에 왔어도 찾아가지 못했다.

덜컹거리는 마차에서 오열은 아만다의 손을 잡고 눈을 감았다.

단둘이 마차를 타고 가는데 품에 안긴 아만다의 말랑말랑한 살결이 마차가 덜컹거릴 때마다 부드러움에 더해 느낌을 주었다.

'아, 여자의 살결은 왜 이리 부드러울까?'

아만다의 살결은 유난히 곱고 탄력이 있었다.

그녀는 나이가 어려 피부가 고울 수밖에 없다.

큰 눈과 오뚝한 코, 붉고 탐스러운 입술 등등은 완벽한 미인의 얼굴이다.

게다가 풍성한 가슴과 잘록한 허리는 예술 그 자체였다.

오열은 이렇게 아름다운 여자가 자신을 좋아해 주는 것에 고마운 마음을 항상 가지고 있다.

그가 처음 짝사랑한 여자와 비교하면 아만다는 찬란한 태양이었다.

물론 그 재수없는 여자는 그녀와 비교를 하면 반딧불도 되지 못한다.

일단 체형부터가 달랐다.

우월한 기럭지와 볼록한 가슴, 탐스러운 금발과 푸른색의 큰 눈만 봐도 누구라도 한눈에 반할 수밖에 없는 엄청난 미인이다.

메텔레스 영지는 오스만 왕국에서 가장 서쪽에 있는 변방이기에 중간에 바티안 군이나 방해꾼 없이 무사히 도착했다.

간혹 산적이나 도적 떼가 출몰한다는 소문이 돌기도 했지만 그것도 이런 한적한 도시 메텔레스에는 관계가 없는 이야기였다.

오스만 왕국민에게 메텔레스 영지는 깡촌 중의 깡촌이었

기 때문이다.

용병 중에서 알렉스가 결혼을 해서 그의 아내와 처가 식구가 따라왔다.

언젠가는 그도 오열에게서 나와 독립을 하겠지만 아직까지는 함께 있는 것이 가장 안전하다는 것을 알고 있기에 죽으나 사나 동행했다.

제프와 조이는 알렉스가 부러웠다.

원래 같이 놀던 친구가 연애를 하거나 결혼을 하면 유난히 부러운 마음이 드는 것은 당연한 일이다.

그래서 두 사람은 메텔레스 영지로 이사를 하는 것이 마음에 들지 않았다.

시골일수록 예쁜 여자가 드물기 때문이다.

세 명의 용병에게 메텔레스 영지는 낯선 곳은 아니었다.

영주 카르디어스 남작의 의뢰로 아마스트라스 숲을 조사하지 않았는가.

그 과정에서 오열을 만나고 부자가 되었다.

그들은 오열이 가르쳐 준 마나 심법 덕분에 오러 유저가 되었다.

힘만 쓰던 용병이 이제는 익스퍼트를 눈앞에 두고 있는 것이다.

이들은 오열에게 목숨을 구함 받은 은혜가 있어 어지간한 일에는 오열의 뜻을 거스르지 못하고 있었다.

그래서 마치 종이 주인을 따르는 듯하니 오열이 편의를 많이 봐주었다.

항상 뒤로 많이 챙겨주니 감히 다른 생각을 하지 못했다.

배신?

꿈에도 생각 못한다.

오열이 얼마나 독한지는 슘마를 떠나면서 확실히 깨달았다.

추적자를 죽일 때 확인 사살로 상대의 목을 깔끔하게 베었다.

그 독심 앞에 간담이 서늘해진 이후로는 감히 딴생각을 못했다.

그들에게는 오열이 아름다운 아만다와 사랑을 하는 것도 당연하였고, 또한 그가 사랑하는 그녀를 지켜주는 것도 당연했다.

오열이 광석을 캐면서 틈틈이 집어준 에너지스톤이나 마나석은 이미 그들이 평생을 놀고먹어도 될 재산이 되었다.

그러니 마음속 깊은 곳에서 충성심이 솟아난 것이다.

"그런데 오열님은 왜 전쟁에 참여하지 않으실까?"

"그러게. 참여만 하면 전쟁영웅이 될 터인데."

"하하, 너희가 오열님을 잘 모르는구나. 오열님은 생기는 것이 없으면 아무것도 하지 않으시지."

"그러면 왜 그 화살을 가져다 주셨지?"

"그거야 오스만 왕국이 전쟁에서 이겨야 다른 왕국으로 이사를 안 가게 되니까. 오열님의 입장에서는 다른 나라로 이사를 가는 게 얼마나 귀찮겠어."

"하긴 그렇겠다. 꽃같이 아름다운 애인이 있는데 어딜 가는 것은 귀찮은 일이지."

"아, 올해는 우리도 장가를 가야 하는데. 어때, 신혼생활은, 알렉스?"

"응, 좋아. 니들도 장가 빨리 가라. 아내가 챙겨주는데 여간 좋은 것이 아니야."

"흐음. 나도 여자를 사귀고 싶은데 메탈레스 영지는 예쁜 여자가 없을 것 같아."

"그건 너의 착각이야. 예쁜 여자는 어디에나 있지. 다만 우리가 저번에 메텔레스에 갔을 때에는 빈털터리였잖아. 하지만 지금은 다르지. 우린 부자잖아. 하하, 당연히 우리가 상대하는 사람들이 달라지니 여자들도 그렇지 않겠어?"

"어, 그렇게 되나? 어쨌든 빨리 결혼했으면 좋겠다."

"야, 도착이다!"

용병들이 나서서 짐을 나르고 여관에 머물 준비를 했다.

짐을 풀고 늦게 저녁을 먹을 때에야 막스 내외가 깨어났다.

그는 자신이 처음 보는 곳에 와 있는 것을 보고는 화를 냈지만 브로도스의 한마디 말에 조용해지고 말았다.

"아들아, 네 딸 아만다가 보고 있다."

"아버지……."

막스는 입을 다물었고, 말없이 저녁을 먹었다.

오열은 여관에서 아만다와 잠을 같이 잤다.

새벽이 되어서야 접속을 종료하고 나왔다.

창밖을 보니 으스름 달빛만이 하늘 위로 덩그렇게 떠 있다.

본체가 느끼는 감정이 어떻게 아바타가 느끼는 것보다 더 쓸쓸할 수 있을까.

오열은 나직하게 한숨을 내쉬었다.

사는 것이 무엇인지.

평범하게 살고 싶었는데 괜한 일로 얽혀 버렸다.

가끔 보는 TV를 통해 세상이 어떻게 돌아가는지 요즘은 확실하게 파악하고 있었다.

몬스터는 더 강해지고 있다.

몬스터 학자들이 하나같이 이런 일은 유례가 없는 일이라고 했다.

오열은 붉은 늑대도 문제지만 몬스터도 문제였다.

간혹 튀어나오는 몬스터는 쉽게 제압되지 않고 있었다.

힐러가 있음에도 불구하고 사상자가 적지 않게 발생하였다.

정부의 대응 방안도 달라졌다.

예전에는 몬스터는 안전한 에너지 보급 창고 정도로 여겼지만 이제는 인간의 생명을 위협하는 존재로 서서히 바뀌고 있었다.

특히나 인간이 살지 않는 사막이나 아프리카의 고원지대에는 이미 몬스터들이 점령당한 상태였다.

UN에서 몬스터 정벌단에 대해 말이 나왔지만 각국의 이해관계가 엇갈려 유야무야되었다.

아직 사람들은 몬스터에 대해 안이한 생각을 가지고 있었던 것이다.

몬스터가 강해지고 있는 것도 문제였지만 지능도 발달하고 있다는 점이 더 문제였다.

몬스터는 진화되고 있었다.

*   *   *

이철 국왕은 국가안전위원회의 부의장인 장일성 소장과 이야기를 나누고 있었다.

NSC의 의장은 이철 국왕이고 실질적으로 이 기관을 운영하는 것은 장일성 소장이다.

국가안전위원회가 국왕 직속이다 보니 총리의 영향력 밖

에 속하게 되었다.

그러다 보니 정권이 바뀌어도 영향을 받지 않아 정책의 일관성을 유지할 수 있었다.

"국왕전하, 새로운 기구를 만들어야 합니다."

"몬스터 때문에 그렇게 생각하는 것이오?"

"그렇습니다. 몬스터의 진화 속도가 너무나 빠릅니다. 잘못하면 인류는 몬스터에게 멸망당할지도 모릅니다."

"허, 그 정도요?"

"예측을 벗어나고 있습니다. 아무리 강해도 예측할 수만 있다면 위험을 줄일 수 있습니다. 하지만 지금의 몬스터는 그동안 보여주던 행동 패턴을 벗어나는 경우가 많아 이제는 새로운 예측 시스템을 도입해야 할 정도입니다."

"그러면 어떻게 하자는 것이오?"

"특수한 능력을 가진 요원들을 모집해야 합니다. 그들로 하여금 강력한 몬스터를 상대하게 해야 합니다."

"하지만 대부분의 메탈사이퍼는 민간인 아니오."

"그렇습니다. 하지만 인류의 미래를 위해, 아니, 국가의 안전을 위해 수단과 방법을 가리지 않고 능력자들을 모아야 합니다."

"총리와 국회가 동의해 줄까요?"

"그들은 제가 설득시키겠습니다."

이철은 고개를 끄덕였다.

눈앞의 사람은 한국 최고의 전략가다.

그는 육사를 수석 졸업한 후에 최단기간 내에 별을 달았다.

성격이 강직하여 한번 결심하면 물불을 가리지 않는다.

그가 총리와 국회를 설득한다고 하니 아마도 그들은 설득될 것이다.

그보다 끈질긴 사람은 일찍이 보지 못했다.

"그러면 그렇게 하십시오."

이철 국왕이 허락하자 장일성 소장이 기뻐하며 돌아갔다.

'허허허, 총리가 한동안 시달리겠군.'

국회도 마찬가지다.

국회의원은 많아도 그들을 통제하는 실력자는 몇 명 되지 않았다.

그들만 설득시키면 다른 의원들은 고구마 줄기에 달린 고구마처럼 딸려오게 될 것이다.

이철은 걱정스러운 눈으로 보고서를 살펴보았다.

장일성 소장의 말에 쉽게 동의한 것은 그 역시 몬스터의 동향이 매우 의심스러웠기 때문이다.

몬스터의 출몰과 함께 나타난 메탈사이퍼.

메탈에너지인 카오스에너지에 뭔가 이상이 생긴 것이 틀림없었다.

그것은 카오스에너지를 뿜어내는 분화구, 즉 크레이터에
문제가 생긴 것을 의미한다.

지구에 무엇인가 일어나고 있는 것이다.

'흐음, 하루 빨리 우주함선 지니어스23이 몬스터의 비밀을
밝혀내야 할 터인데.'

뉴비드 행성에 불시착한 지니어스23의 임무는 몬스터의
기원을 밝히는 것이다.

새로운 행성에서 동일하게 나타난 몬스터, 그리고 그 카오
스에너지를 어떻게 해석하느냐에 따라 인류의 미래가 달라질
것이다.

2장

새로운 광산

오열은 새로운 거처가 마음에 들었다.

한적한 곳에 큰 정원이 딸린 집이다.

집이 커도 가격은 상대적으로 페테보다 많이 쌌다.

수도에서 멀면 멀수록 집값이 싼 것은 지구와 비슷했다.

메텔레스의 통치자 카르디어스 남작은 영지민의 입장에서는 썩 괜찮은 영주였다.

그는 현재 영지를 발전시키기 위해 무척이나 애를 쓰고 있었다.

데논 평야를 대대적으로 개간하기를 원했지만 몬스터 때

문에 할 수 없게 되자 데논 평야의 일부 지역에 고구마와 감자를 심었다.

고구마와 감자는 한 번 심어놓으면 따로 관리를 하지 않아도 대체로 잘 자라기 때문에 행한 조치였다.

고구마는 씨고구마를 심어 거기서 나온 순이나 줄기를 잘라 심는 것으로 번식력이 좋아 잘 자라고 가뭄이나 병충해에 강했다.

무엇보다도 왕성한 성장으로 인해 수확량이 많았다.

감자와 고구마는 야생의 상태로 재배하면 수확량이 적어질 수는 있지만 위험한 지역이라 어쩔 도리가 없었다.

지대가 다소 마을과 가까워 몬스터의 출몰이 적은 지역이지만 그래도 위험하기는 마찬가지였다.

고구마와 감자 농사는 수확기에 병사들을 파견하여 멧돼지와 같은 동물을 처치하면 되었다.

간혹 고블린과 같은 하급 몬스터가 나타나기도 하지만 위협적이지는 않았다.

카르디어스 남작은 수확의 일부를 고블린과 동물들을 위해 남겨놓았다.

물론 상품성이 떨어지는 좋지 않은 것들만 남겨놓았지만 그것만으로도 고블린과 같은 하급 몬스터의 침입은 덜 생겼다.

그리고 다음 해에는 더 넓은 땅에 고구마와 감자를 심었다.

넓어진 만큼 더 많은 수확을 얻었으며 남겨진 식물 역시 많아졌다.

동물도 몬스터도 안다.

자신들에게 호의적인지 아닌지를.

카르디어스 남작은 고블린을 퇴치할 수 있었지만 그러지 않았다.

고블린이 있던 자리에 또 다른 몬스터가 올 것이 불을 보듯 뻔했기 때문이다.

그러니 상대하기 쉬운 고블린을 이웃으로 남겨두었다.

카르디어스 남작은 카셋이라는 과일나무를 정원에서 키웠는데 수확기만 되면 새들이 와서 쪼아 먹었다.

그것도 맛있고 좋은 것들로만.

카셋은 지구의 블루베리와 비슷한 식물이다.

단지 크기가 더 훨씬 더 컸다.

자두만 했다.

새들이 쪼아 먹은 과일은 버려졌다.

그래서 그는 아주 얇은 그물을 만들어 수확기에 과일나무 옆에 쳤다.

새들이 몰려왔고, 새 한 마리가 그물에 걸려 죽었다.

그런데 새가 죽고 난 뒤에는 더 이상 같은 종류의 새들은 오지 않았다.

다음 해에도 그 새들은 몰려오지 않았다.

그 사건을 통해 카르디어스 남작은 새도 몬스터도 생각을 가지고 산다는 것을 깨달았다.

그래서 수확한 고구마의 일부를 남겨놓았던 것이다.

종족이 크게 번식할 정도의 양이 아닌 그저 조금 남겨주었다.

고블린들은 자신들이 먹지 못하던 새로운 고구마와 감자를 먹어보고는 더 이상 인간들이 식물을 재배하는 것을 방해하지 않았다.

오열은 메텔레스 영지가 마음에 들었다.

무엇보다 아마트라스 숲과 가까워서 좋았다. 그 말은 몬스터 사냥터가 가깝다는 이야기다.

하루는 오열이 데논 평야에서 마나 수련을 하고 있는데 고블린들이 나타났다.

조그마한 얼굴로 그를 빤히 바라다보았다. 그리고 잠시 후에 수십 마리의 고블린이 나타났다.

"뭐야, 이것들은?"

오열의 말이 끝남과 동시에 독화살이 날아왔다.

하지만 독화살은 아다티움아머에 막혀 떨어졌다.

고블린들이 놀라 고개를 갸웃거리더니 지들끼리 꽥꽥거

렸다.

오열이 에너지소드를 꺼내 휘두르자 검기가 5m나 붉게 치솟아 올랐다.

근처에 있던 바위 하나가 검기 다발에 맞아 반으로 동강나자 고블린들은 기겁하며 도망갔다.

오열은 고블린을 죽일 이유가 없었다.

잡아봐야 마정석도 나오지 않고 카오스에너지도 별로 추출되지 않는다.

그의 입장에서는 고블린 사냥은 안 하는 게 나았다.

오열은 수련을 끝내고 쉬다가 우연찮게 기계를 만지게 되었다.

혹시나 해서 탐지기를 켰는데 광물이 잡힌 것이다.

"워, 이거 많네?"

어지간하면 무시하려고 했지만 매장량이 너무나 많았다.

게다가 종류도 많았다.

그런데 그 장소가 하필이면 고블린 마을의 바로 옆이었다.

오열이 고블린 마을로 향하자 고블린들이 당황하기 시작했다.

마을에는 암컷들과 새끼들이 있어 결사적으로 막아야 했다.

그런데 공격을 하려고만 하면 오열이 에너지소드를 꺼내

겁을 주었다.

넘실거리는 검붉은 검기 다발을 보면 용기가 사라지곤 했다.

오열이 고블린 마을에 도착하자 300여 마리의 고블린이 무기를 가지고 나왔다.

오열은 피식 웃었다.

오열은 마을 근처에 있는 나무를 향해 검을 휘둘렀다.

붉은 검기가 나무를 관통하자 거대한 나무가 쿵 하고 쓰러졌다.

장정 셋이 겨우 팔을 벌려 안을 수 있는 거대한 크기의 나무였다.

고블린들은 깜짝 놀랐다.

오열이 몇몇 나무와 바위를 검으로 자르자 고블린들이 모두 무릎을 꿇고 목숨을 살려달라고 빌었다.

오열은 그런 고블린들을 지나쳐 광석이 매장되어 있는 가장 가까운 곳으로 갔다.

신선한 바람이 나무들 사이로 지나가자 다람쥐가 나무 사이에서 얼굴을 내밀고 오열을 빤히 바라보았다.

오열은 다시 기계를 살펴보았다.

'이곳에는 별것이 다 있네.'

보크사이트, 철, 에너지스톤, 은 등이 기계에 잡혔다.

에너지스톤을 제외하고는 그다지 끌리지는 않았지만 문제는 지층에서 굉장히 가깝게 매장되어 있다는 것이다.

"흠, 이건 대충 300m만 파면 되겠는데?"

오열이 이제까지 작업한 것 중에서 가장 가까웠다.

'이제 어떻게 한다?'

광물을 포기하자니 아까웠다.

300m면 혼자 파도 된다.

오열은 일단 마을로 돌아왔다. 그리고 세 명의 용병을 불렀다.

"제프, 광산 하나를 발견했어."

"정말입니까?"

제프와 조이, 그리고 알렉스 모두 즐거워했다.

광산을 개발하는 것은 힘들지만 수입이 짭짤했다.

"저희가 모두 가는 것입니까?"

"아니, 안 그래도 될 것 같아. 옆에 일 시킬 놈들이 있거든."

"네?"

"고블린이 있더라구."

"그놈들이 사람의 말을 들을까요?"

"안 들으면 고문이라도 해야지."

태연하게 말하는 오열의 말에 제프 일행의 얼굴이 샐쭉해졌다.

오열은 용병들에게 고구마와 감자를 대량으로 구입하라고 시켰다. 그리고 고블린이 쓸 수 있는 작은 수레를 만들게 했다.

일주일 후 용병들은 마차에 고구마와 감자를 하나 가득 싣고 고블린 마을로 갔다.

고블린 마을이 난리가 났다.

수많은 고블린이 포위를 하고 무기를 겨루다가 오열이 얼굴을 내밀자 당황한 표정을 짓더니 모두 무릎을 꿇었다.

오열이 가장 강해 보이는 고블린을 손가락으로 불렀다.

고블린 전사가 겁을 먹고 오열의 곁으로 다가왔다.

용병들이 감자와 고구마를 그에게 줬다.

딱 두 개.

그가 눈을 동그랗게 뜨고 눈을 깜빡거렸다.

"먹어도 돼."

오열이 행동으로 먹어보라고 하자 고블린이 고구마를 먹었다.

맛있었다.

이전에 인간들이 남기고 간 고구마보다 더 맛이 좋았다.

깜짝 놀란 고블린이 정신없이 고구마를 먹기 시작했다.

오열은 고구마와 감자를 끌고 가서 땅굴을 파기 시작했다.

처음에는 영문도 모르고 마지못해 일을 하게 된 고블린들은 고구마와 감자를 얻게 되자 서로 일을 하려고 했다.

결국 나중에는 자기들끼리 순번을 정해 돌아가면서 일을 했다.

땅을 파는 것은 용병들이 해도 되지만 메텔레스 영지에 완전히 정착한 것이 아니라서 아만다와 그 식구들만 놔두고 오기가 걱정되어 용병 두 명은 그곳에 있게 하고 한 명만 고구마와 감자를 나눠 주는 일을 하도록 했다.

고구마는 달다.

야생의 상태에서 고블린들이 먹을 수 있는 것 중에서 맛이 가장 좋은 것 중의 하나이다.

그리고 고블린들은 고구마 하나만 먹어도 배가 불렀다.

오열이 땅굴을 뚫으면 고블린들이 삽으로 퍼서 흙을 날랐다.

고블린이 많아 작업은 빠르게 진행되었다.

가끔 오열이 기분이 좋을 때 감자와 고구마를 마을에 가져다 놓으면 고블린들은 축제가 벌어졌다.

수레 두 대 분량의 고구마와 감자만으로도 마을의 고블린들이 다 먹어도 남았기 때문이다.

일주일 만에 땅굴 파는 작업이 끝났다.

가장 먼저 채취한 것은 보크사이트.

알루미늄의 재료다.

다음으로 나온 것이 은이다.

부자인 오열은 은이 나오자 시큰둥했다.

하지만 용병들에게 은이 아주 비싸다는 말을 듣고는 쾌재를 불렀다.

철광석도 많이 나왔다.

마지막으로 나온 것이 에너지스톤이었다.

오열은 에너지스톤을 보고 미친 듯이 웃었다.

많았다.

기절할 만큼 많았다.

'크흐흐, 역시 혼자 몰래 캔 것은 정말 잘한 결정이었어.'

오열은 입가에 미소가 가득했다.

땅을 파는 것이야 폭약을 사용하면 되었고, 일은 고블린들이 거의 다 했다.

고구마와 감자만 줘도 좋아하고 일을 한 것이다.

오열은 일단 그것들을 모두 메텔레스의 집으로 실어 날랐다.

오열이 땅을 파는 동안 바티안 군과의 치열한 접전이 있었던 모양이다.

오열이 화약이 든 화살을 많이 줬음에도 오스만 군은 조금도 유리하지 않았다.

바티안 왕국에서 온 마법사가 많았기 때문이다.

그들이 오스만 왕국을 약탈하고 얻은 상당한 재물을 받고 적극적으로 전쟁에 참여한 것이다.

오열은 작업이 끝난 다음 아만다와 회포를 풀고 오랜만에 누워 있었다.

길을 잃은 느낌이 들었다.

젊음이 너무 무거워 어찌할 바를 알지 못하고 있었다.

'그래도 승부를 봐야 해. 이대로는 위험해.'

오열은 은근히 붉은 늑대로 인해 걱정이 되었다. 몬스터보다 더 위험한 것들이 바로 인간이었다.

오열은 에너지스톤과 함께 마나석과 마정석을 지구로 보내기로 했다.

혹시 몰라 가장 강력한 무기를 만들 생각이다.

TV를 틀면 요즘은 온통 몬스터에 관한 이야기뿐이다.

몬스터는 더 이상 인간의 삶과 분리되어 생각할 수 없는 존재가 되었다.

오열은 커피를 마시며 나직하게 한숨을 내쉬었다.

살인이 허락된다면 붉은 늑대의 지도부만 잡아 죽이면 된다.

그것은 화살 몇 방만 쏘아도 할 수 있는 일이다.

마침 현실 세계에서 붉은 늑대는 여론의 집중 포화를 맞고
있었다.

공공연하게 자행되던 거대 길드의 비리들이 조금씩 언론
에 드러나면서 국민들의 분노를 사기 시작한 것이다.

3장

붉은 늑대 길드의 몰락

오열은 다음 날 아침 일찍 던전에 가서 사냥을 했다.

한 시간도 안 되어 붉은 늑대의 길드원들이 입구를 막았다.

"뭐냐, 니들은?"

오열이 소리쳤다.

하지만 돌아온 것은 깊은 침묵이었다.

붉은 늑대는 이번에는 화살을 날리지 않고 기다렸다.

뭔가를 원하는 듯 보였다.

오열은 천천히 뒤로 물러났다.

붉은 늑대도 그를 따라 천천히 앞으로 움직였다.

시간이 지남에 따라 붉은 늑대의 인원이 점점 늘어나고 있었다.

사냥을 하던 다른 길드에 속한 사람들은 이미 밖으로 나간 상태였다.

이미 사전에 이야기가 된 듯했다.

"나는 붉은 늑대의 길드마스터 장록수다. 네놈 때문에 우리 길드가 그동안 입은 피해를 생각하면 피가 거꾸로 솟구친다. 모두 쳐라! 우리 길드가 잃은 명예를 오늘 반드시 되찾자!"

장록수는 분노로 인해 크게 소리를 지르며 명령을 내렸다.

그는 오열을 보자마자 이성을 잃을 정도로 화가 났다.

모두가 저 밤톨 같은 녀석 하나 때문에 생긴 일이다.

오열은 부스터를 켜서 동굴 안쪽으로 재빠르게 도망가기 시작했다.

날아오는 화살에 아머의 HP가 뭉텅뭉텅 빠져나가고 있었다.

과연 붉은 늑대였다.

오열은 도망가면서도 급하게 HP충전기를 눌렀다.

그것이 작동되자 비로소 안심이 되었다.

오열은 뛰고 또 뛰었다.

중간에 만난 몬스터가 쫓아왔지만 무시했다.

수십 마리의 몬스터가 보이자 오열은 왼손으로 거미줄을 발사하여 허공으로 날아올랐다.

몬스터가 그를 보고 소리를 질렀지만 천장과의 거리는 상당하여 어떻게 하지를 못하였다.

붉은 늑대 길드원들은 오열을 뒤쫓아 오다가 몬스터와 조우했지만 침착하게 사냥을 했다.

과연 최고의 길드다웠다.

문제는 막강한 힐러진이었다.

힐러진 주위로는 방패를 든 전투직 메탈사이퍼가 지키고 있었다.

오열은 허공에서 박쥐처럼 매달려 몬스터를 상대하는 붉은 늑대 길드원들을 바라보았다.

붉은 늑대의 수가 너무 많아 몬스터가 힘을 못 쓰고 있었다.

역시나 화력이 강한 궁팟이었다.

'여기 몬스터는 너무 약해. 도마뱀이 있는 곳까지 가야 해.'

오열은 땅으로 내려와 안쪽으로 도망가기 시작했다.

"저놈이 도망간다! 제1부대는 집중적으로 사격하라!"

오열은 지그재그로 뛰었음에도 불구하고 화살을 많이 맞았다.

오열의 망토가 충격을 흡수하고 있었지만 몬스터용 화살의 위력은 지난번에 맞았을 때보다 배는 강해져 있었다.

게다가 집중적으로 다굴을 당하고 있으니 아다티움의 HP가 뭉텅뭉텅 빠져나가곤 했다.

게이지 바를 굳이 보지 않아도 몸에서 느껴지는 충격을 통해서 알 수 있었다.

오열은 화살에 맞아 비틀거리면서도 이를 악물고 뛰었다.

그래도 아직은 아다티움아머의 HP는 여유가 있었다.

'지금 싸우면 안 돼. 힐러가 너무 막강해. 예전처럼 그렇게 쉽게 당하지 않을 거야.'

오열은 이를 악물며 뛰었다.

리자드맨이 보이자마자 거미줄을 뽑아 천장으로 옮겨가며 안전지대로 피신했다.

천장에 마련된 동굴 안에서 오열은 이를 악물며 메탈아머의 HP 잔존량을 보았다.

254,250HP.

아머가 아다티움 합금으로 된 것이 아니었다면 이미 죽었을 것이다.

"나를 죽이려 했으면 너희도 무사하지 못하지."

오열은 가방에서 화살을 꺼내 차분하게 정리했다.

저 멀리서 발자국 소리가 들려왔다.

오열은 천천히 아다티움아머에 HP가 차기를 기다렸다.

'지금까지는 너희의 전쟁이었다면 이제부터는 나의 전쟁이다!'

오열은 화살을 챙기고 스피드건을 집어 들었다.

두 눈을 부릅뜨고 이를 악물었다.

그리고 중얼거렸다.

"하나도 남김없이 모조리 죽여주마."

오열은 리자드맨과 싸우는 붉은 늑대를 향해 신경가스가 들어 있는 화살을 쏘기 시작했다.

검은 연기와 함께 수면제와 마취제가 섞인 화살이 터지면서 동굴 안은 한순간에 비명과 다급한 외침으로 범벅이 되었다.

"호흡을 멈추고 안경을 써라!"

"힐을 멈추지 마라, 힐!"

"컥! 이게 뭐야? 가스를 조심해라! 신경이 무뎌지고 있다!"

신경가스 화살 때문에 붉은 늑대 길드원들은 리자드맨과 힘겨운 전투를 해야 했다.

몸이 무거워지며 자꾸만 졸음이 자꾸 몰려온 것이다.

게다가 바람마저 잘 통하지 않는 던전 안이라 한번 터진 연기는 잘 없어지지도 않았다.

리자드맨은 오열이 예상한 대로 마취나 수면에 별 영향을 받지 않았다.

유독 붉은 늑대 길드원들이 당황해서 연신 소리를 지를 뿐이다.

그러나 오열은 힐러 가까이에 접근할 수가 없었다.

붉은 늑대 길들원들이 단단히 준비를 하고 왔기에 어떻게 할 방법이 없었다.

150명이 넘는 인원이 한꺼번에 던전으로 몰려왔다.

얼마나 붉은 늑대 길드가 오열에게 원한을 크게 가졌는지 알 수 있는 대목이다.

몬스터는 적고 붉은 늑대 길드원은 많았다. 특히나 붉은 늑대에게는 힐러가 있었다.

오열은 모험을 하기로 마음먹었다.

자신은 연금술사.

언제든지 이곳을 벗어날 수 있었다.

오열은 붉은색으로 뒤덮인 화살을 꺼냈다.

화약과 에너지스톤 한 개가 담긴 화살로 어마어마한 폭발력을 가졌다.

그는 땅으로 내려와 붉은 늑대가 싸우는 천장을 향해 화살을 날렸다.

화살이 빠르게 날아갔다.

펑, 퍼어어엉!

폭발과 함께 동굴이 비명을 지르며 울었다. 그리고 동굴의 천장이 갈라지고 무너지기 시작했다.

화강암으로 만들어진 던전이 화살 한 방에 비틀거렸다.

"뭐야?"

"헉! 바위가 떨어진다!"

오열은 계속 화살을 날렸다.

엄청난 위력의 화살이지만 천장이 워낙 단단하였기 때문이다.

'죽어라, 이 잡놈들아!'

오열이 한꺼번에 날린 네 발의 화살에 동굴이 흔들리며 무너지기 시작했다.

작은 바위 하나가 오열의 어깨 위로 떨어졌지만 큰 충격은 없었다.

오열은 무지막지한 방어력을 가진 아다티움아머를 믿었다.

비록 자신은 무적은 아니지만 아다티움아머는 무적에 가까웠다.

돌과 바위를 맞으면 그만큼의 HP가 날아갔지만 충분히 방어할 수 있을 것이라고 생각했기에 이런 무모한 행동을 한 것이다.

붉은 늑대 길드원들은 정신이 없었다.

눈앞에는 몬스터가 있는데 머리 위에서는 돌이 쏟아지고 있었기 때문이다.

오열은 계속해서 화살을 날렸다.

마침내 동굴 전체가 무너지고 바닥도 갈라졌다.

오열도 사태가 심각해진 것을 깨닫고 급히 구석으로 몸을 날렸다.

그런 그의 등 뒤로 거대한 바위가 떨어져 내렸다.

"컥!"

오열은 자신도 모르게 비명을 질렀다.

허리에서부터 올라오는 통증에 정신이 아득해졌다.

허리가 나간 것 같았지만 그것을 살필 시간이 없었다.

그는 굴러 떨어지는 바위를 피해 에너지소드를 꺼내 휘둘렀다.

재빨리 돌을 파내고 그 안으로 들어갔다. 겨우 앉을 만한 협소한 공간이다.

어깨에서부터 허리까지 이어지는 아득한 통증에 오열은 정신을 잃을 것 같았다.

동굴의 붕괴는 10여 분이나 지속되었다.

오열의 앞에도 크고 작은 바위들이 떨어져 입구를 막았다.

오열이 있는 곳은 다행히도 바닥이 갈라지지 않았다.

'아, 나는 작은 다툼이 인간을 이렇게도 만드는 것을 이제야 알았다. 인간의 욕심이란 얼마나 추악한가!'

이 모든 일의 원인 제공은 붉은 늑대가 했다.

오열이 그냥 웃은 것을 가지고 시비를 걸었다.

몇 대 맞고 끝낼 수도 있었지만 힘을 가지게 된 그는 자신의 능력을 과신했다.

그리고 지금은 돌이킬 수도 없게 되었다.

동굴은 붕괴되었고, 오열은 부상을 입었다.

오열은 포션을 한 모금 마시며 몸 상태를 살펴보았다.

허리가 나간 줄 알았는데 다행히 망토와 메탈아머의 방어력 덕분에 무사했다.

포션을 다시 마시자 모든 상처가 치료되었다.

요열은 작은 동굴 속에서 눈을 감았다.

피곤이 몰려와 잠이 쏟아졌다.

상태를 보니 그냥 자도 될 것 같아 동굴 안에서 쪼그리고 잠이 들었다.

오열이 일어났을 때는 다음 날 아침이었다.

좁은 장소에서 오랜 시간을 있어서인지 온몸이 욱신거렸다.

앉은 자리에서 그대로 마나 심법을 하자 몸이 상쾌해졌다.

아머의 방어력을 보니 이미 모두 충전되어 있었다.

오열이 자신이 판 작은 동굴에서 나오니 처참한 광경이 보였다.

동굴의 천장은 모조리 붕괴되어 있었다.

자신이 한 짓이지만 생각보다 더 많은 사람이 죽거나 다쳤다.

동굴의 붕괴에도 살아남은 몇몇 몬스터가 붉은 늑대 길드원들의 시체를 뜯어먹고 있었다.

오열은 망연히 그 모습을 바라보았다.

모든 것이 한순간의 꿈같았다.

오열은 시체를 뜯어먹는 몬스터를 사냥하기 시작했다.

몬스터 리자드맨도 던전이 붕괴되면서 많이 죽었기에 몇 마리 남아 있지 않았다.

"츄륵."

"츄르르르륵. 히큭."

도마뱀이 말을 했다.

오열은 도마뱀의 기괴한 얼굴을 바라보며 검을 휘둘렀다.

검붉은 검기가 일직선으로 날아가 도마뱀의 다리를 잘랐다.

이전보다 더 강해진 모습에 오열은 자신감을 가지기 시작했다.

마지막 도마뱀을 정리하려는데 뒤에서 화살이 날아오는

소리에 고개를 숙이고 옆으로 굴렀다.

타타타탁!

연이어 화살이 날아왔지만 한 발도 맞지 않았다.

오열이 궁수들을 보고는 피식 웃었다.

세 명의 남자가 그를 노려보고 있었다.

눈빛만으로 사람을 죽일 수 있다면 오열은 이미 죽었을 것이다.

그것은 살기와 원한이 뭉쳐진 눈빛이었다.

'사람들이 죽은 것은 슬픈 일이지만 내가 뭘 잘못했단 말인가? 저놈들이 먼저 시비를 걸고 죽이려고 공격했고 또 어제는 150명이나 몰려들었다.'

오열은 어이가 없어 그들을 바라보며 스피드건을 들었다.

그러자 날카로운 소리가 공간을 파고 날아들었다.

"안 돼요! 죽이지 마세요!"

창백한 안색의 여자가 겁에 질린 얼굴로 오열을 바라보며 소리를 질렀다.

힐러였다.

"미안합니다. 나는 나를 죽이려고 한 사람들을 그냥 보내 줄 만큼 마음이 착하지 않습니다. 원한은 반드시 이곳에서 끝내야 합니다. 은원이 계속되는 것은 서로에게 좋지 못합니다. 먼저 공격한 것도 당신들이고 나를 죽이려고 한 것도 당신들입니다. 그런데 당신들, 무척이나 억울한 듯한 표정으로 나를 바라보는군요. 힘이 없었다면 아마도 내가 죽었겠지요. 바로 당신의 손에 의해서 말입니다."

"아, 아니에요. 난 당신을 죽이지 않았을 거예요."

"그렇다면 여기는 왜 왔습니까?"

"나는, 나는 그저 힐을⋯⋯."

여자는 그제야 힐을 하는 의미가 무엇인지 깨달은 모양인지 입을 다물고 당혹스러운 표정을 지었다.

"저 남자들은 바로 방금 전에 뒤에서 공격했습니다. 이런 사람들을 일컫기를 뒤치기나 하는 비열한 놈이라고 하죠. 어쨌든 전 이곳에 있는 모든 사람을 죽일 겁니다. 당신도 예외는 아니에요."

오열의 말에 여자의 얼굴이 더욱 창백해졌다.

그녀도 보았다.

상대는 수없이 많은 화살을 맞고도 살아남은 자다.

오열이 여자를 노려보는데 신음 소리가 들려왔다.

신음 소리를 따라가 보니 허리가 반으로 접힌 남자가 신음을 터뜨리고 있었다.

오열이 다가가자 살아남은 남자들이 경계를 했다.

오열은 척추가 꺾인 자의 얼굴을 보고는 그냥 머리를 잘랐다.

쿵!

그의 머리가 던전의 바닥으로 굴러 떨어졌다.

두 번째 사람에게 오열이 다가가자 장록수가 가냘픈 숨을 내쉬며 그를 노려보고 있었다.

그 역시 처참할 정도로 몸이 망가져 있었다. 그는 오열이 반드시 죽여야 할 자였다.

"난 네놈이 제일 마음에 안 들어. 잘 가."

이번에도 역시 머리가 잘려 죽었다.

그의 담담한 살인 행각에 살아남은 길드원들의 얼굴이 창백하게 변했다.

이렇게 대담하게 살인을 저지르는 자를 그들은 처음 보았다.

단 한 번도 망설이지 않았다.

"살인마!"

남자 하나가 겁에 질린 채 소리를 질렀다.

공포를 경험한 그 목소리는 미친 자의 광기와 닮아 있었다.

"원래 네놈들이 그래. 니들이 하면 괜찮고 남이 하면 다 지랄하는 거라고 하지. 게다가 니들이 하는 것은 다 용납되고 정의롭기까지 하고. 개새끼들, 뒤치기나 하는 주제에. 그래, 나 하나 죽이려고 150명이 나서서 다굴하는 것은 잘한 짓이고?"

오열의 말에 남자가 입을 닫았다.

그는 지금까지 자신이 하는 일에 죄의식을 느끼지 못했다.

길드원이 하니 자신도 따라서 했을 뿐이다.

군중심리는 인간의 내면에 있는 양심을 속일 수 있다.

따라서 집단에서 벌어지는 악한 행위의 배후에는 어쩌면 이런 군중심리가 있는지도 모른다.

왜냐하면 따로 떨어져 혼자 있다면 감히 상상도 못할 겁쟁이들이 집단으로 뭉쳐 있을 때에는 엄청난 일을 벌이곤 하기 때문이다.

오열이 살아남은 자들을 모두 찾아 죽이려고 하는데 동굴이 크게 울렸다.

"뭐지?"

"헉!"

"오, 맙소사!"

살아남은 자들이 두 눈을 크게 뜨고 얼이 빠진 표정으로 앞을 바라보고 있었다.

오열도 천천히 뒤를 돌아다보았다.

그 역시 놀라 입을 벌렸다.

앞에는 거대한 몬스터 칼리쿨이 버티고 있었다.

30m에 이르는 육중한 몸이 일행을 향해 빠르게 움직이고 있었다.

오열은 이해할 수 없었다.

어떻게 저런 것이 갑자기 나타날 수 있을까?

칼리쿨이 나타난 뒤를 보니 동굴이 무너져 내린 곳이었다.

좁았던 길이 무너져 내려 뻥 뚫려 있었다.

거대한 동공이 눈앞에 자리 잡고 있었다.

이미 갈라졌던 땅은 그 흔적을 찾아볼 수 없을 정도로 메워져 있었다.

"망했다!"

오열은 거대한 칼리쿨을 보니 다리에 힘이 쭉 빠졌다.

몬스터의 흉흉한 눈에서 금방이라도 불이 뿜어져 나올 것만 같았다.

검고 매끈한 비늘에서는 시체 썩는 냄새가 났다.

아니, 그것은 엄밀하게 말하면 유황 냄새였다.

비늘 사이사이에 날카로운 가시가 박혀 있었다.

벌렁벌렁.

칼리쿨의 코가 움찔거리더니 곧장 오열을 향해 덮쳐왔다.

전광석화 같은 속도라 피한다고 피했지만 정신을 차리고 보니 이미 자신은 벽에 부딪쳐 데굴데굴 구르고 있었다.

오열은 정신을 차리고 벌떡 일어났다. 그러자 거대한 얼굴이 그림자를 일으키며 다가왔다.

오열은 부지불식간에 왼손을 천장으로 흔들었다.

다행스럽게 거미줄이 천장에 붙었다.

왼손에 힘을 주자 거미줄이 빠르게 탄성을 발휘에 그를 끌어들이고 있다.

칼리쿨의 공격은 피했지만 오열은 허공에서 좌우로 사정없이 흔들리고 있었다.

'젠장, 스치지도 않았는데 단지 바람에 이렇게 흔들리다니.'

주변의 광경이 어지러울 정도로 획획 바뀌고 있었다.

오열이 왼손에 힘을 주자 더 위로 딸려 올라갔다.

그러자 흔들림이 줄어들었다.

동굴의 천장에 매달려 주위를 돌아보았다.

바둑판처럼 매끈하던 천장의 표면이 마치 태풍이 지나간 자리처럼 흉측하게 변해 있었다.

오열은 동굴이 마치 살아 있는 생명처럼 꿈틀거리는 느낌을 받았다.

순간 동굴이 살아 있는 것이 아닐까 하는 착각이 들었다.

"크앙앙!"

몬스터가 울었다.

그러자 그 울음에 반응하듯 동굴이 떨었다. 칼리쿨이 남아 있는 자들을 덮쳤다.

"크악!"

"살려줘!"

"으악!"

비명이 들린 후 정적이 찾아왔다. 그리고 칼리쿨이 꿀꺽하고 침을 삼키는 소리가 들렸다.

오열은 천장에 붙어 숨을 죽이며 숨어 있다가 놈이 잠잠해지면 탈출할 계획이었다.

그런데 갑자기 칼리쿨이 오열을 바라보며 콧구멍을 벌렁거렸다.

눈이 붉게 물들더니 입을 크게 벌렸다. 그리고 뜨거운 기운이 오열을 향해 순식간에 덮쳐왔다.

오열은 천장에 매달려 있어서 그것을 피할 수가 없었다.

"크윽."

온몸이 타는 통증에 바닥으로 굴러 떨어지고 말았다.

오열은 이렇게 거대한 몬스터를 상대하는 것이 처음이다.

그래서 어떻게 상대해야 할지 전혀 감이 오지 않았다.

얼굴에 화상을 입어 엄청난 통증이 몰려왔다.

그때였다.

시원하고 상큼한 바람이 불더니 상처가 치유되고 있는 게 아닌가?

'힐?'

오열은 벌떡 일어났다.

거대한 발이 그의 얼굴을 덮고 있는 것이다. 오열은 오히려 칼리쿨 쪽으로 몸을 날렸다.

오자연은 바위 뒤에 숨어 있다가 오열이 당하자 힐을 했다.

지금은 원수이지만 그가 없으면 자신도 이곳에서 살아남을 수 없다는 것을 깨달았기 때문이다.

그녀 역시 붉은 늑대 길드의 소속이기는 하지만 요즘 길드가 하는 일을 좋아하지 않았었다.

특히나 이곳에 오는 것은 거의 반강제나 마찬가지였다.

오열이 시야에서 사라지자 칼리쿨이 방방 떴다.

몬스터의 배 밑에서 오열은 공포를 느꼈다.

오열이 거대 몬스터를 본 것은 8m에 달하는 몬스터 테디베어를 닮은 곰돌이뿐이었다.

30m나 되는 이런 몬스터는 듣지도 보지도 못했다.

"젠장!"

오열은 기겁하며 몸을 날렸다.

몬스터가 고개를 숙여 자신을 보고 있는 것이 아닌가?

그리고 오열은 자신이 얼마나 어리석은지 깨달았다.

부스터도 키지 않고 이 거대 몬스터를 상대하고 있었던 것이다.

"메탈부스터 파워 온!"

부스터가 바로 작동하자 몸이 가벼워지며 온몸에 힘이 넘쳤다.

역시나 좋은 아머는 부스터의 작동마저 이렇게 빠르게 되면서도 강했다.

명품이 괜히 비싼 게 아니었다.

대부분의 가격이 거품이지만 남들이 따라올 수 없는 그 무엇이 있기에 명품이라는 이름을 유지할 수 있는 것이다.

최고의 과학자이자 메탈드워프가 만든 아다티움아머는 과연 명품이라고 불릴 만했다.

오열은 에너지소드를 꺼내 들었다.

검에서 붉은 섬광이 6미터나 솟아올라 도마뱀의 혀처럼 넘실거리고 있다.

칼리쿨은 처음으로 멈칫했다.

눈앞에서 흔들리는 붉은 채찍에서 위험한 기운을 느낀 것이다.

'어떻게 싸운다?'

입술이 바짝바짝 타들어가고 있었지만 겉모습은 위풍당당했다.

그 모습에 칼리쿨도 조심스러운 눈초리로 오열을 노려보았다.

적의 장점을 단점으로 만든다.

이는 싸움의 제1원칙이다.

반면 나의 단점은 장점으로 만들어야 한다.

오열은 생각했다. 눈앞의 거대 몬스터의 장점이 뭘까 하고.

일단 거대한 덩치였다. 그리고 강하고 빨랐다.

그렇다면 답이 나온다.

몸에 힘을 집어넣었다.

단전에서 뜨거운 기운이 흘러나왔다.

그 기운이 에너지소드로 나가자 검기 다발은 조금 더 길어졌다.

오열이 움직였다.

거대한 동체가 따라잡지 못하는 사각지대로만 움직였다.

아무리 힘이 강해도 보여야 공격을 할 수 있고 맞춰야 피해를 입힐 수 있는 법이다.

오열은 제법 긴 칼리쿨의 목이 돌아가지 않는 지점이 첫 번째 다리가 있는 곳임을 알았다.

오열이 그 부분에서 공격하면 꼬리 공격이 힘들고 다리로 공격하는 것만 가능했다.

오열은 몬스터의 기동성을 죽이기 위해 다리 공격을 선호했다.

칼리쿨의 거대한 다리는 강철보다 강했다.

에너지소드에서 붉은 검기가 날아가 부딪쳐도 상처만 조금 났을 뿐 끄떡없었다.

하지만 칼리쿨은 고통을 느끼는지 광포해졌다.

오열은 단전에 있는 내공을 돌렸다.

온몸의 세포가 섬세하게 퍼덕거리며 뛰었다.

온 힘을 검에 넣고 휘둘렀다.

"카캭!"

칼리쿨이 비명을 지르며 날뛰었다.

꼬리가 믿을 수 없는 각도에서 오열에게 날아왔다.

텅!

오열은 구겨진 휴지처럼 날려가 바닥으로 굴러 떨어졌다.

격심한 고통이 몰려왔지만 오열은 극도의 인내로 이겨냈다.

벌떡 일어서려는데 거대한 불길이 덮쳐왔다.

두 번째 불 공격이다.

불에 노출된 오열은 정신을 잃을 정도였다.

아다티움아머의 방어력으로도 불길을 이길 수 없어 무조건 뛰었다.

얼굴은 두 손으로 가려서인지 얼굴에서의 통증은 별로 없었다.

하지만 온몸이 무력해지고 있었다.

그때 다시 시원한 바람이 그의 몸속으로 스며들면서 회복이 되었다.

또다시 힐러가 힐을 넣어준 것이다.

오열은 혼란스러웠다.

적인데 힐을 주다니!

오열은 발에 힘을 주며 뛰었다.

힘이 다시 넘쳤다.

칼리쿰은 상처를 입었는지 이전과 같은 속도를 내지 못하고 있었다.

'몬스터가 부상을 입었군. 찬스다.'

오열은 회심의 미소를 지으며 칼리쿨의 사각지대로 갔다.

기척을 지우고 생각했다.

어떻게 해야 하나?

어떻게 해도 많은 시간이 걸릴 것 같았다.

몬스터가 너무나 강해 어떻게 해볼 수 없는 게 문제였다.

'어떻게 한다?'

아무리 생각해도 검으로 승부를 보는 것은 어리석은 일이었다.

자신은 연금술사가 아닌가.

그러자 가방 속에 든 마취제가 생각났다.

몬스터가 너무도 거대해 화살로는 통하지 않는다.

항상 많은 재료를 가지고 다니는 그이지만 오늘은 어지간한 재료는 모두 가지고 왔다.

　붉은 늑대를 상대하기 위해서였다.

　일단 몬스터가 어떻게 할 수 없는 곳으로 가야 한다.

　칼리쿨은 빠르지만 짧은 다리를 가지고 있다.

　도마뱀처럼 길쭉하기는 하지만 위에서 보면 딱정벌레처럼 몸이 넓고 다리가 짧다.

　'어떻게 한다.'

　오열은 거듭 생각했다.

　기척을 지우자 칼리쿨은 연신 그를 찾으려고 코를 실룩거렸지만 마침 시체 타는 냄새와 몬스터의 피 냄새로 인해 오열의 냄새는 지워졌다.

　마침 왼손이 눈에 들어왔다.

　'그래, 난 스파이더맨이지.'

　오열은 에너지소드를 집어넣고 왼손을 휘둘렀다.

　거미줄이 칼리쿨의 등에 붙었다.

　손을 당기자 그의 몸이 순식간에 딸려갔다.

　조심스럽게 등 위로 올라간 그는 온몸에 난 작은 가시들을 피해 조심스럽게 걸었다.

　내공을 돌려 몸을 가볍게 하자 칼리쿨이 눈치채지 못하고 고개를 갸웃거리기만 했다.

오열은 가방에서 마취제를 꺼냈다. 연금술로 만든 강력한 마취제가 병에 담겨 있다.

오열은 마취제의 농도를 더 강하게 하기 위해 에너지스톤을 꺼내 가루로 만들어서 넣었다.

중화제를 약간 집어넣으니 부글부글 끓으며 하나로 융합되었다.

작업을 마친 오열은 도축용 단검을 꺼내 목 아래 척추가 있는 곳에 칼을 집어넣었다.

붉게 변한 단검이 상처를 만들어내었다.

예민한 곳을 건드렸는지 몬스터가 껑충 뛰었다.

그 바람에 오열도 출렁하고 같이 뛰었다.

위로 솟구치다가 떨어지면서 날카로운 가시에 얼굴이 스치듯 찔렸다.

피가 한 주먹은 흘러내렸다.

'젠장, 아까운 내 피!'

오열은 뺨에서 흘러내리는 피를 무시하고 마취제를 상처난 곳에 들어부었다.

마취제가 천천히 몬스터의 몸속으로 빨려들어 갔다.

그 속도에 맞춰 칼리쿨의 움직임도 점점 둔화되었다.

거대한 몸체라 마취제가 들을까 걱정했는데 마침 척추뼈가 있는 곳으로 흘러들어 갔고, 에너지스톤을 집어넣어 마취의 강도를 증폭해서인지 효과가 좋아진 것도 있었다.

오열은 움직임을 멈춘 칼리쿨의 등을 따라 목이 있는 곳까지 왔다.

도마뱀을 닮은 칼리쿨의 목은 길었다.

덩치에 비해 가는 부분이지만 오열의 입장에서는 그래도 자신의 키보다 더 넓은 목을 보며 한숨을 내쉬었다.

그는 에너지소드를 꺼내 붉은 검기를 만들어 휘둘렀다.

목이 휘청하며 녹색 피가 솟구쳤지만 끄떡도 없었다.

충격 탓인지 칼리쿨이 마취에서 깨어나려는 징후를 보이자 오열은 네오23을 이용하여 천장까지 날아올랐다.

"네오23 오프!"

20여 미터의 높이에서 떨어지는 힘을 이용하여 오열은 온 힘을 다해 에너지소드를 휘둘렀다.

칼리쿨도 위험을 느꼈는지 고개를 들어 그를 바라보았다.

오열은 눈을 부릅뜨고 검을 휘둘렀다.

온 힘을 다했음에도 목이 잘리지는 않았다. 다만 반 이상이나 잘려 목이 덜렁거렸다.

잘린 사이로 피가 솟구쳤다.

녹색의 역겨운 피 냄새가 동굴 안을 가득 채웠다.

오열은 숨을 헐떡거리며 쓰러지는 칼리쿨의 모습을 바라보았다.

몬스터의 붉은 눈이 애처롭게 변했다.

'너도 죽는 것이 슬픈 모양이구나.'

처음 알았다.

몬스터도 죽는 것을 두려워한다는 것을.

몬스터라서, 아니면 몬스터가 강해서 한 번도 생각해 보지 않았던 것을 깨달았다.

몬스터도 감정을 가진 존재라는 것을.

몬스터가 아니라 이 세상에 존재하는 모든 생명체는 죽음을 두려워한다.

이 단순한 사실이 커다란 깨달음처럼 다가왔다.

칼리쿨의 거대한 몸이 서서히 아래로 쓰러졌다.

'적의 장점을 단점으로, 나의 단점은 장점으로!'

오열은 거대한 몬스터 칼리쿨을 처치한 다음 알 수 없는 감동으로 가슴이 먹먹해졌다.

오열은 뒤를 돌아다보았다.

공포에 젖은 한 여자가 그를 바라보고 있었다.

그의 옆에는 그녀보다 어려 보이는 남자 하나가 있었다.

오열이 검을 들고 다가가자 둘은 모두 겁에 질려 뒷걸음질했다.

그에게 뒤치기를 하려고 화살을 날리던 길드원들은 다행스럽게도 칼리쿨의 먹이가 되었다.

"힐을 왜 해줬지?"

"······."

"고마웠다. 한 번은 살려주지. 다음에 마주치면 죽일 거야."

여자가 오열의 말에 정신없이 고개를 끄덕였다.

"그러나 너는 아냐."

오열이 남자를 향해 검을 휘두르려고 하자 여자가 막아섰다.

"······?"

"그는 내가 사랑하는 사람이에요. 제발 죽이지 말아주세요."

여자가 무릎까지 꿇고 말하자 남자도 살려달라고 빌었다.

"사실 우리도 원해서 온 것은 아니에요. 오지 않으면 길드 차원의 보복이 있다고 길드원들이 말해서 마지못해 온 것이에요."

"아, 그런가?"

오열은 검을 거둬들였다. 그러자 남녀가 동시에 안도의 한숨을 내쉬었다.

"수상한 짓을 하면 바로 죽여 버릴 거야. 나 빡 돌아간 거알지?"

"네, 네, 물론입니다."

남자가 정신이 반은 나간 상태에서 대답했다.

그의 눈에 비친 오열은 세기의 살인범처럼 공포스러웠다.

둘은 서로를 의지하며 두 손을 꼭 잡고 있었다.

오열은 거대한 칼리쿨의 사체를 보며 미소를 지었다.

이 거대한 사체는 그가 원하는 바다.

오열은 칼리쿨이 너무나 거대한 크기라서 도축용 단검을 꺼내보지도 못하고 에너지소드로 사체를 분해했다.

도축용 단검이 아니라서 정교한 작업을 할 수는 없었지만 워낙 많이 한 일이라 거대한 30m에 이르는 칼리쿨을 도축하는 것은 생각보다 어렵지는 않았다.

다행스러운 것은 칼리쿨의 가죽이 생각보다 얇았다는 점이다.

피를 담을 병을 여러 개 꺼냈는데도 워낙 몬스터의 크기가 커서 일부는 버려야 했다.

뼈를 분리해 내고 심장에서 마정석을 채취했다.

황색의 마정석.

노란색에 더 가까운 황색의 마정석은 다이아몬드처럼 투명하게 빛났다.

'굉장하군.'

마정석의 크기는 어린아이의 머리통만큼이나 컸다.

오열은 엄청난 크기와 아름다운 모습에 일순 말을 잃었다.

오열은 급히 가방 안에 넣었다.

마법 주머니 안에 칼리쿨의 가죽과 뼈를 집어넣자 가방이 가득 찼다.

오열은 별수 없이 다른 값이 안 나가는 몬스터의 부산물은 모두 버렸다.

오열은 칼리쿨의 부산물에서 모일 카오스에너지를 생각하자 가슴이 떨려왔다.

거대한 크기의 몬스터가 오열의 가방 안으로 사라지자 오자연은 입을 크게 벌리고 놀라 말도 제대로 하지 못했다.

메탈드워프들이 가지고 다니는 가방은 작아 보여도 상당히 많은 양을 담을 수 있게 설계되어 있다.

그럼에도 정도라는 것이 있다. 그녀는 놀라 자신이 본 것 자체를 믿을 수가 없었다.

'정말 그 거대한 몬스터가 있기는 했나?'

바닥에 흘린 녹색 피만이 칼리쿨이라는 몬스터의 존재를 증명해 줄 뿐이다.

오열은 몬스터를 처리하곤 뒤를 돌아 오자연을 바라보았다.

두 번이나 도움을 받았다.

그러기에 은원을 중요하게 생각하는 그로서는 여자를 죽일 수 없었다.

'일단 여기를 나가야겠군.'

오열은 무너져 내린 거대한 돌무덤을 보곤 고개를 흔들고 생각했다.

이곳은 자신이 벌인 범죄의 현장이나 마찬가지다. 쌓인 돌무더기를 치우는 것은 어리석은 일이다.

그는 고개를 한번 끄덕이고는 천장으로 올라가 땅을 파기 시작했다.

연금술사가 땅을 파는 것이 전문이 아니지만 그는 이제 두더지보다 더 잘 팠다.

오열은 한 시간 만에 반대편으로 나갈 수 있는 통로를 만들었다.

얼핏 보면 절대로 구멍을 볼 수 없을 정도로 교묘한 위치다.

물론 오열은 땅만 팠다.

나르는 것은 오자연의 애인인 남민기라는 남자가 했다.

사실 어려운 것도 아니었다. 파낸 흙을 밑으로 굴리기만 하면 되었다.

오열은 탈출구가 완성되자 오자연과 남민기를 바라보았다.

"살고 싶나?"

여자가 정신없이 고개를 끄덕거렸다. 그 옆에서 남자도 조금도 지체하지 않고 대답했다.

"네, 살고 싶습니다."

남민기가 애처로운 표정으로 말했다.

그를 보고 오열이 낮은 목소리로 천천히 말했다.

"너와 네 애인은 여기에 오지 않았다. 동의하나?"

"네, 네, 동의합니다."

남자가 재빠르게 대답했다.

오열은 그의 얼굴을 바라보았다.

눈이 순진해 보였다.

하지만 이런 얼굴이 사기를 치기 쉽다. 사기꾼 같이 생긴 얼굴로 사기 치는 사람은 거의 없다.

오열은 뒤통수 맞기 싫었다.

"자, 이것을 하나씩 먹어."

"그게 뭐죠?"

"살고 싶으면 먹어라."

오열의 협박에 남자와 여자가 오열이 주는 것을 삼켰다.

오열은 그들에게 먹인 것과 같은 것을 바위에 붙였다.

오열이 손가락을 튕기자 펑 하고 바위가 터지며 가루가 되었다.

"니들이 먹은 거야. 너희가 내 말을 무시하면 니들 배에서 터질 거야. 니들이 메탈사이퍼라 하더라도 위장이 이 돌보다

단단하지는 않겠지?'

둘은 얼굴이 창백해진 상태로 정신없이 고개를 끄덕였다.

살고 싶은 것이다.

오열이 준 것은 화약에 에너지스톤의 가루가 아주 약간 들어간 것이다.

인체에 들어가면 일주일 정도 복통과 설사를 일으키다가 자연 분해된다.

오열은 생각했다.

속아주면 그것으로 다행이고 아니면 어쩔 수 없다고 생각했다.

도움을 받았는데 무턱대고 상대방을 죽일 수는 없었다.

인간이니까.

집으로 돌아온 오열은 늦은 저녁을 먹었다.

다시 이렇게 좋은 음식을 먹을 수 있게 된 것에 감사하는 마음이 들었다.

'죽일 걸 그랬나?'

오열은 피식 웃으며 샤워를 하고 침대에 누웠다

오열은 기분이 좋았다.

그동안 자신을 괴롭히던 앓던 이가 오늘 빠졌기에 후련했다.

살인을 했다는 죄책감은 하나도 없었다.

오열은 눈을 감고 생각했다. 이제는 잠을 자도 깊이 잘 수 있겠구나 하고.

이제부터는 다른 던전으로 옮겨 사냥을 하면 된다고 오열은 단순하게 생각했다.

제2던전은 이미 파괴되어서 복구하려면 많은 시간이 걸린다.

사실 그가 칼리쿨을 잡은 것은 거의 기적에 가까웠다.

그리고 그 30m나 되는 거대한 녀석을 도축해서 집으로 가지고 왔다.

그 살 떨리는 흥분이 하루가 지난 아침이 되어서야 의식하게 되었다.

생각해 보니 어젯밤에는 어떻게 마정석을 확인하지 않고 잘 수 있었을까 정말 신기했다.

오열은 연금술 실험실에서 몬스터의 부산물을 꺼내놓고 미친 듯이 좋아했다.

그것들을 보고 있으니 밥을 먹지 않아도 배가 불렀다.

일단 몬스터 부산물이 많아 뼈와 내장, 그리고 살덩어리를 모두 생명력으로 정제했다.

황금빛으로 출렁거리는 생명력을 보며 오열은 깜짝 놀랐다.

이제까지 모든 몬스터의 생명력은 투명한 젤리 같은 것이 었는데 칼리쿨은 황금색이었다.

"어, 보스급은 역시 다르네."

1g당 생명력을 측정해 보니 어마어마했다.

중급 몬스터인 리자드의 1g당 생명력은 105LP라면 칼리쿨 은 3050LP였다.

한마디로 놀라웠다.

생명력은 다양한 용도로 사용될 수 있기에 오열은 히죽히 죽 웃었다.

저절로 입이 벌어지고 웃음이 터져 나왔다.

특히나 공격용 무기를 만들 때 생명력은 아주 유용했다.

화약이 든 화살을 만들 때 생명력이 부족해서 에너지스톤 을 첨가해 공격력을 증폭시켜서 사용하곤 했다.

하지만 칼리쿨에게서 뽑은 생명력은 그럴 필요가 전혀 없 었다.

에너지스톤의 가격을 생각한다면 사실 그것으로 화살과 같은 무기를 만든다는 것 자체가 엄청난 낭비였다.

"하하하!"

오열은 기분 좋게 웃었다. 그리고 잠시 후에 또 웃었다. 아 무리 생각해도 정말 좋았던 것이다.

"히히히."

오열은 변태 같은 웃음을 터뜨렸다.

이것을 만약 다른 사람들에게 판다면 부르는 게 값이다.

연금술사가 드물어 팔릴지가 의문이긴 하지만 조금만 응용하여 상품을 개발해 판다면 엄청나게 비싼 무기를 만들 수 있었다.

'뭐, 돈은 많으니.'

오열은 피식 웃었다.

온 세상이 모두 자신의 것만 같았다. 개허접 연금술사가 혼자 힘으로 보스급 몬스터를 잡았다.

어느 누가 이런 일을 믿을 수 있겠는가?

물론 오열이 말도 안 되는 아다티움아머를 입었기에 가능한 것이지만 어쨌든 칼리쿨을 잡을 수 있었던 것은 강력한 몬스터용 마취제 덕분이었다.

연금술이 결정적인 역할을 한 것이다.

오열은 혼자 힘으로 몬스터를 상대하는 것에 한계가 있다는 것을 느꼈다.

혼자 몬스터를 잡을 수 있다고 하더라도 잡는 속도에 문제가 있다.

그것은 땅굴을 팔 때도 마찬가지였다.

혼자 7개월을 판 것을 여러 사람과 함께 작업하니 2달 만에 가능해졌다.

'다시 파티 사냥을 해볼까?'

혼자 하는 사냥이 꼭 돈을 많이 버는 것이라고 할 수 없다.

파티 사냥은 많은 사람이 모여서 몬스터를 많이 잡으니 별반 다르지 않았다.

오열은 느긋하게 아침을 먹고 오후에는 백화점에 들러 필요한 것들을 샀다.

명품 옷과 지갑, 시계를 구입했다. 은행에 쌓아놓은 돈이 너무 많아 보이는 대로 마구 샀다.

오열은 명품으로 치장하고 거울을 보니 예전의 궁색했던 시절의 모습은 하나도 보이지 않았다.

김치 하나로 밥을 먹고 아르바이트를 하던 그 시절 말이다.

그때에 비하면 지금은 인생이 확실히 피었다.

오랜만에 원나잇을 해볼까 하다가 아름다운 아만다의 얼굴이 떠오르자 실없이 웃음을 터뜨리고는 그냥 집으로 돌아왔다.

*　　　*　　　*

오스만 왕국은 혼란스러웠다.

아무리 바티안 왕국이 군사 대국이라 하더라도 이렇게 변변한 싸움도 못해보고 허무하게 나라를 빼앗길 줄은 몰랐다.

새로운 오스만 왕국의 지도자로 나선 아스왈 왕자는 나탈리우스 백작을 저항군의 사령관으로 임명하고 대대적인 전쟁을 기획하고 있었다.

"어떻게 되어가고 있소?"

아스왈 왕자가 나탈리우스 백작을 향해 물었다.

나탈리우스 백작은 피곤한 얼굴로 공손하게 대답했다.

그는 전쟁이 발발하고 나서 제대로 잠을 잔 적이 거의 없었다.

강철 같은 신체가 조금씩 그에게 무리라고 말해주고 있었다.

"왕자 전하, 바티안 군과의 대치는 계속되고 있지만 적의 기세가 너무나 강합니다. 하지만 새로운 저항군이 계속 늘어나고 있으니 사정이 곧 나아질 것입니다만 그동안 바티안 군의 수탈이 심해 그들에 대항하여 싸울 힘이 저희 저항군에게는 없다는 것이 문제입니다."

"허어, 어쩌다가 우리 오스만 왕국이 이렇게 되었단 말인가요?"

아스왈 왕자가 한탄했다.

회의실에 모인 몇몇 귀족도 나라의 앞날이 걱정되어 고개를 숙이고는 아무 말도 하지 못했다.

나라가 온전했을 때는 서로 권력을 잡으려고 아등바등했

는데 나라를 잃고 나니 그마저도 다 소용없는 짓이 되고 말았다.

나라를 잃고 나서 나라의 소중함을 비로소 깨달았다. 나라가 없으니 귀족도 귀족이 아니었다.

자신들의 영지는 한순간에 바티안 군에 의해 강탈당하고 모든 식량과 광물은 물론 영지의 농노와 여자들을 바티안 군이 모두 끌고 갔다.

"아, 그것 말이오. 그 신묘한 화살이 더 있다면 전쟁을 유리하게 이끌 수 있지 않겠소?"

아스왈 왕자의 말에 나탈리우스 백작이 눈만 껌벅거렸다.

그 말이야 맞는 말이지만 그자가 아무 대가 없이 또 주겠는가?

"그렇기는 합니다. 하지만 그 화살을 준 자는 아국의 사람이 아닙니다. 그가 또 그런 귀한 화살을 줄지가 의문입니다."

아스왈 왕자가 나탈리우스 백작의 말을 듣고 머뭇거렸다.

마법사에 비견할 수 있는 공격력을 가진 화살의 가치가 얼마나 큰지 그도 잘 알고 있었다.

가진 재물이라도 있다면 어떻게 말이라도 꺼내볼 텐데 자기도 목숨 하나 달랑 구걸해서 왕궁을 탈출한지라 갑갑하기 그지없었다.

그래도 가만히 있으면 목숨을 걸고 싸우는 병사들에게 부끄러울 것 같아 어렵게 말을 꺼냈다.

"그가 어디에 있는 누구인지 말해주면 내가 가서 사정해보겠소."

"왕자님이 직접 말입니까?"

"그렇습니다."

"아닙니다, 아닙니다. 차라리 소신이 가겠습니다."

"아, 그대가 말이오? 그래 주시면 정말 고마운 일이지요."

"예, 아무래도 그의 얼굴이라도 알고 있는 제가 가는 것이조금이라도 나을 것입니다."

"나탈리우스 백작님, 고맙고 미안하오."

나탈리우스 백작은 쓴웃음을 지었다.

아스왈 왕자가 그런 말을 하지 않았어도 한 번은 해볼 생각이었다.

무척이나 뻔뻔스럽지만 달리 방법이 없었기 때문이다.

*   *   *

오열은 며칠 만에 접속하여 아만다와 다정한 시간을 보냈다.

눈이 맞으면 시간에 관계없이 정염의 시간을 보냈다.

사실 그것 외에는 이곳에서는 별로 할 것이 없었다.

나라가 온통 전쟁통에 있었기에 놀 만한 곳이 없었다.

어디를 가나 전쟁의 비통함이 그들의 발목을 붙들곤 했다.

오열에게는 아만다가 없다면 이곳은 정말 따분한 세상이었다.

아바타는 접속 시간이 제한되기에 현지인들처럼 동화되어 이곳에서 살 수 없었다.

오열은 아만다와 키스를 하면서 오붓한 시간을 보내고 있는데 갑자기 손님이 찾아왔다는 말에 인상을 쓰며 거실로 나갔다.

거실에는 나탈리우스 백작이 초조한 얼굴로 그를 기다리고 있었다.

"뭔가요?"

"아, 오열 경. 잘 지내셨습니까?"

"아, 네. 저야 뭐 그렇죠."

오열은 나탈리우스 백작이 자신을 찾아온 것이 이상하다고 생각했다.

게다가 백작이나 되면서 이렇게 저자세로 나오는 것도.

자신이야 이곳에 별 의미를 두지 않기에 귀족 작위가 무엇이든 상관없지만.

게다가 다 망해 버린 왕국의 백작 따위가 뭔 소용이란 말인가.

하지만 이들의 입장에서는 귀족은 귀족이었다. 망해 버린 귀족이라 하더라도 귀족은 자존심을 버리지 않는다.

오열은 소파에 앉아 차를 마시며 그를 바라보았다.

초조한 그의 얼굴을 보니 대충 무슨 이야기를 하려고 왔는지 감이 왔다.

"화살이 필요해서 왔군요?"

"아, 그렇습니다. 어떻게 안 되겠습니까?"

"연금술사의 화살은 그냥 만들어지지 않습니다. 마법사들이야 주문을 외우면 자연 속에 있는 마나가 공명하여 마법이 발현되지만 말입니다."

"우리 오스만 군은 지금 절체절명의 상황에 놓여 있습니다. 이번 기회에 반전을 이루지 못하면 영영 나라를 찾지 못할 것이고요."

"백작님, 전쟁에 대해 저보다 더 잘 아시겠지만, 혹시 바티안 군과 정면충돌하시려는 것은 아니겠죠?"

오열은 움찔 놀라는 백작을 보고는 한숨을 푹 내쉬었다.

이 시기의 전투는 대부분 전면전이 대부분이었다.

게릴라전을 한다고 하더라도 상대의 보급을 끊는 정도가 다였다.

"싸움을 아주 쉽게 하는 방법은 명령권자를 제거하면 끝입니다. 머리가 없는데 몸통이 움직이는 것을 보았습니까?"

"그럼 그들을 암살하라는 말인가?"

"그거야 백작님이 알아서 해야겠지요. 저라면 먼저 바티안 군의 사령관을 죽일 겁니다. 그리고 다음으로 부임하는 사령 관도 죽이는 거죠. 그리고 여유가 되면 쓸 만한 놈들을 다 죽 이면 전쟁은 저절로 끝납니다. 병사들이 뭘 하겠습니까? 그 들은 이곳에 와서 전쟁하는 것을 좋아하지도 않습니다. 저라 면 이 빌어먹을 전쟁보다는 고국에 있는 가족과 친구들, 애인 의 얼굴을 하루라도 더 빨리 보고 싶어할 겁니다."

"오, 그런 수가 있군요!"

나탈리우스 백작은 오열의 말을 듣고 손뼉을 치며 감탄했 다.

오열은 피식 웃었다.

말이야 쉽다. 몰라서 못하는 것이 아니라 불가능하니까 못 하는 것이다.

그 불가능을 극복하면 전쟁은 이길 것이다.

오열은 백작을 돌려보내고 조만간 한번 페테에 들르겠다 고 말했다.

언제까지 화살을 무료로 제공해 줄 수는 없는 법이다.

재료야 이미 충분할 만큼 있기는 하다. 하지만 아무런 관련 도 없는 그들을 위해 수고를 할 이유는 없었다.

지금까지 두 번이나 화살을 제공해 준 것도 오스만 왕국이 아만다의 조국이기 때문이다.

하지만 아만다를 생각하면 도와주기는 해야 할 것 같았다.

아름다운 아만다를 자신이 항상 지켜줄 수는 없기 때문이다.

자신은 이곳 사람이 아니지 않은가.

정복자에게 아름다운 여자는 욕정의 대상이 된다.

물론 자신이 항상 접속해 있다면 문제가 되지 않지만 며칠 전처럼 지구에서 어쩔 수 없는 일이 생기면 대책이 없다.

그래서 전에 오열이 그렇게 이웃 왕국으로 이민을 가자고 했던 것이다.

오열은 브로도스와 의논을 하고 함께 화살을 만들었다.

그뿐만 아니라 다양한 화약 무기도 만들었다.

암살과 침투에 용이하게 해주는 것들을 말이다.

오열이 다른 행성의 사람이라 이곳 문명에 관여할 수 없어서 가만히 있었지만 사실 바티안 군이 너무 악랄하게 전쟁을 했다.

오스만 왕국의 백성을 사람으로 보지 않고 개나 돼지로 대했다.

그들의 작전은 '모조리 싹' 이었다.

오스만 왕국에 있는 것은 그것이 무엇이든 모두 약탈의 대상이 되었다.

오열은 시간을 내어 페테로 가서 나탈리우스 백작을 만났다.

"어서 오십시오, 오열 경. 정말 잘 오셨습니다."

"아, 네."

오열은 백작의 환대에 시큰둥하게 대답했다. 그는 정말 마지못해 온 것이다.

"몇 가지 약조를 해주시면 도와드리겠습니다."

"오! 정, 정말인가요?"

"백작님이 사령관인 것은 알겠고요, 왕자가 계시다고 들었는데요."

"안 그래도 왕자님이 경을 만나고 싶어하셨습니다."

나탈리우스 백작이 일어나 아스왈 왕자를 모시고 왔다. 그와 함께 백작의 참모인 나만 남작도 같이 들어왔다.

"아스왈 오스만 왕자님이십니다. 우리 오스만 왕국의 다음 왕이 되실 분이십니다."

"뵙게 되어 영광입니다. 제 이름은 이오열이라고 합니다."

"반갑습니다, 오열 경. 어서 오세요. 이야기는 많이 들었습니다."

오열은 차를 마시며 이야기를 나눴다.

그가 이곳에 온 것은 아스왈 왕자를 만나기 위해서였다.

지금으로서는 저항군이 오열에게 해줄 수 있는 것이 하나도 없었다. 그래서 왕자의 약조가 필요했다.

"만일 제가 원하는 만큼의 도움을 드리면 어떤 것을 주실 수 있습니까?"

"뭐든 말하게. 자네도 우리 오스만 왕국의 실상을 알 것이 아닌가. 들어줄 수 있는 것이라면 내가 다 들어주겠네."

"왕국이 수복된 후 왕실령에 속하는 영지를 하나 주십시오."

"물론이네. 반드시 들어주겠네."

"그러면 서류를 작성해 주시기를 바랍니다."

오열은 왕실령에 속하는 영지가 네 곳이 있는데 그중에서 두 번째로 좋은 곳을 원했다.

첫 번째는 일부러 청하지 않았다.

가장 좋은 것은 언제나 사람들이 탐내기 때문이다.

왕국이 수복되면 백작의 작위와 왕실령인 노톨리에스 영지를 양도할 것을 약속하는 서류를 작성했다.

오열은 양도 각서가 사인된 서류를 받고는 가방에서 무기를 꺼내주었다.

연금술로 만든 화약이 든 화살촉이었다. 그리고 수류탄처럼 손으로 던질 수 있는 주머니 화탄과 각종 무기를 전해주었다.

백작과 왕자는 예상보다 많은 무기를 보며 놀랐다.

"이렇게나 많이?"

나탈리우스 백작은 자신도 모르게 입을 벌리며 물었다.

"이번에는 반드시 이겨야죠. 일단 적의 지휘부를 괴멸시키시고 마법사들을 노리십시오. 마법사들은 겁이 많아 몇 명만 죽여도 도망갈 것입니다. 그들은 병사가 아니라 학자에 가까운 자들이니까요."

"알겠네. 그것은 나만 남작이 알아서 잘할 것이네."

"무기가 부족하면 메텔레스 영지로 오시면 브로도스가 필요한 만큼의 양을 다시 만들어줄 것입니다."

오열은 그 서류를 브로도스에게 가져다주었다. 그는 서류를 보더니 껄껄 웃으며 오열을 칭찬했다.

그렇게 며칠 지났다.

오열에게 PMC에서 연락이 왔다.

오열은 왠지 알 수 없는 불안감에 휩싸여 왜 자신을 부르는 것인지 생각하기 시작했다.

4장

PMC의 제안

오열은 PMC가 가까워질수록 긴장이 되었다.

이미 PMC가 알아차린 것 같았다.

나름 준비를 하고 왔지만 워낙 강력한 단체이다 보니 걱정이 되는 것도 사실이다.

은회색으로 지어진 오각형의 건물이 PMC다.

맨 앞부분이 대민기관이고 뒤로 갈수록 특수 업무를 맡고있는 기관이 사용한다.

오열은 세 번째 건물에는 여러 번 갔다.

오늘은 마지막 건물, 가장 깊숙이 있는 건물로 안내를 받왔다.

오열은 길을 가면서 유리창으로 보이는 나무들을 바라보았다.

오각형의 건물 안쪽에는 거대한 정원이 있었다. 그리고 아름다운 나무와 꽃들이 심어져 있었다.

"이쪽으로 오세요!"

안내를 맡은 여자가 약간 긴장한 표정으로 말했다.

오열은 여자의 말과 표정에서 이곳이 아주 중요한 곳이라는 것을 알 수 있었다.

'이제 보니 그 일을 전부 다 조사했구나.'

정부의 힘이면 제2던전을 조사하는 것은 매우 쉬운 일일 것이다.

하긴 150명이나 되는 길드원이 들어갔다가 한 명도 나오지 못하였으니 문제가 될 수밖에 없는 상황이었다.

문을 열자 금테 안경을 쓴 남자가 기다리고 있었다.

제복을 입은 남자의 계급은 소장. 은빛 별 두 개가 그의 넓은 어깨 위에서 반짝였다.

눈빛이 강하고 고집이 세 보이는 입과 당당한 체격은 그가 전형적인 군인이라는 것을 말해주고 있었다.

오열은 남자를 보자마자 잘못 걸렸구나 하는 생각이 들었다.

이런 종류의 사람들은 절대 쉽지 않다는 것을 경험을 통해 알고 있다.

"어서 오게. 나는 장일성 소장이네."

"아, 네. 이오열입니다."

"앉게."

오열은 소파에 앉았다.

푹신한 소파에 몸이 쏙 들어갔다. 긴장이 될수록 겉으로는 더욱 태연하게 행동했다.

"자네를 부른 것은 몇 가지 제안을 하기 위해서이네."

"그게 무슨?"

"자네도 자네가 한 짓 알고 있지 않나?"

"네?"

"우리 솔직하게 이야기하세."

"뭐죠? 설마 저보고 알아서 다 불라고 말씀하시는 것은 아니겠죠?"

"우리는 사건이 발생한 날부터 자네를 예의 주시했네. 무려 150여 명이 죽었네. 그들 중 일부는 몬스터의 먹이가 되어서 시체조차 찾지 못했지."

"……"

"자네의 처지를 이해하지 못하는 것은 아니지만 살인은 확실하였네. 자네는 특히나 확인사살까지 하지 않았나?"

"……."

오열은 올 것이 왔다고 생각했다.

자료가 많아 살인죄로 기소되기는 어려울 것이다. 문제는 사회적인 파장이다.

"왜 그들과 화해를 시도하지 않았나?"

"그거야 아쉬운 놈이 먼저 해야죠. 뺨 맞은 놈이 먼저 사과하라는 말씀인가요?"

장일성 소장은 오열의 말에 헛기침을 했다.

비록 PMC의 권한이 막강하지만 그렇다고 개인의 자유나 변론의 기회를 침해할 수는 없었다.

장일성 소장도 오열의 말이 맞다는 사실을 인정하고 있었다.

자기 방어적 차원에서 공격했다.

문제는 죽은 사람의 숫자였다.

150여 명의 메탈사이퍼의 죽음.

벌써부터 기자들이 냄새를 맡고 취재를 하려고 한다. 이번 건은 세기의 사건이었다.

장일성은 자신의 앞에 있는 밤톨같이 생긴 오열을 바라보며 속으로 중얼거렸다.

'엄청 뺀질거리게 생겼군.'

이런 부류의 사람이 다루기가 무척 힘들다.

군에서도 사고를 치는 놈들은 오타쿠나 이런 뺀질이들이 대부분이다.

눈빛을 보니 맛이 약간 간 것 같기도 해서 장일성 소장은 왠지 기분이 좋지 않았다. 150여 명을 죽여 놓고 이렇게 태연하다니.

"자네는 다른 시도를 할 수도 있었네. 왜 그러지 않았나?"

"저는 연금술사예요. 몬스터 사냥을 구걸하면서 실력을 키웠습니다. 개고생해서 이제 사냥할 만하니 별 거지같은 놈이 와서 시비를 겁디다. 반항하니 몬스터용 화살을 마구 날렸습니다. 제가 가진 메탈아머의 HP충전기가 없었다면 죽은 것은 바로 저였을 것입니다. 제 주장에 대한 자료를 제출하겠습니다."

장일성 소장은 오열의 말에 고개를 끄덕였다. 그리고 난감한 표정을 지었다.

사건의 인과관계만 따지면 눈앞의 이 녀석 말이 맞을 것이다.

그러나 사회는 누가 문제를 일으켰느냐보다 누가 죽었느냐에 더 관심을 가진다.

막말로 죽은 150명이 모두 죽어도 좋은 악질적인 놈은 아니지 않는가. 그런데 150명이나 죽었다.

장일성은 일단 자료를 받아 컴퓨터에 연결했다. 화면으로 홀로그램에 나오기 시작했다.

"자, 설명해 보게."

"저 장면은 첫 번째 마찰이 일어났을 때이고요, 그날은 제가 동굴 안으로 도망가서 아무 일도 없었습니다. 다음 날 붉은 늑대가 입구를 차단하고 저를 향해 몰이사냥을 시작했습니다. 첫 번째 화살부터 몬스터용 화살이 날아왔습니다. 이 장면은 제가 이들로부터 도망친 후에 메탈아머의 잔존 HP를 측정한 것입니다. 254,250HP. 제 메탈아머가 550,000HP이니 저 공격으로 300,000만 HP가 날아간 것이죠. 게다가 HP충전기를 가동했으니 그 이상의 데미지가 있었을 것입니다. 그렇다면 제가 만약 보통의 아머를 입었다면 최소한 대여섯 번은 죽었을 것입니다."

"하지만 사람이 죽었네."

"그게 뭐 어때서요?"

"뭐야?"

장일성이 화가 나서 소리를 꽥 질렀다.

그러자 오열이 벌떡 일어났다.

장일성도 덩달아 자리를 박차고 일어났다.

이 엉뚱한 녀석에게 어떤 훈계를 해줄까, 어떤 경고를 해줄까 생각하는데 번쩍하는 순간 에너지소드가 자신의 목을 겨누고 있다.

"무엇인가?"

장일성이 놀라 부르짖자 순식간에 무장요원들이 들이닥쳐 총을 겨누었다.

"여기서 내가 약간의 메탈에너지만 써도 목구멍이 뻥 뚫릴 것입니다. 이런 상황에서는 어떻게 되죠? 저를 사살하면 저 군인들은 유죄입니까, 아니면 무죄입니까?"

장일성은 무엇인가 느껴지기는 하였지만 모험을 할 수는 없었다.

"물론 무죄네."

"바로 그것입니다. 거기 아저씨들, 이건 장난이니까 총 집어넣어요."

오열이 검을 거두자 군인들이 총을 천천히 내리면서 장일성의 눈치를 살폈다.

명령을 기다리는 것이다. 장일성이 손짓하자 그제야 방 밖으로 나갔다.

"하지만 세상은 자네가 생각하는 것보다 훨씬 복잡하네."

"⋯⋯?"

"자네는 자네를 죽이려고 한 150명만 생각하는가 보군. 하지만 그들에게도 가족이 있네. 아내와 자식, 그리고 부모가 있겠지. 그들이 자네의 이야기를 받아들일 수 있겠나? 그리고 언론은 이 이상한 일을 취재하면서 자네를 정의롭다고 해주겠나? 자네는 억울하겠지만 이 사건은 희대의 사이코패스에 의한 살인사건으로 치부될 확률이 높네."

"그, 그게……."

"사람들은 산 자보다 죽은 자의 말을 더 신뢰하는 경향이 있지. 그것도 한 사람이 아닌 150명이 한목소리로 억울하다고 외칠 것이네. 그 가족이 눈물을 흘리는 모습을 매스컴이 방송한다면 어떻게 될 것 같나? 진실? 후후, 사람들은 진실을 신뢰하지 않네. 그냥 믿고 싶은 것만 믿지. 위험하다고 동굴을 화약으로 터뜨려 죽인 자네의 말을 믿겠나, 아니면 죽은 자와 그 가족이 흘린 눈물을 믿겠나?"

"……."

"이게 자네가 처한 사항이네."

"…그러면 제가 어떻게 해야 합니까?"

"이제야 이야기가 되는군. 세상은 죄 없는 죄인들이 의외로 많네. 자네도 그 케이스라고 할 수도 있지. 자, 어떻게 하면 좋을까? 자네는 죄인인데 아주 유능하지."

"절 특수한 목적을 위해 이용하실 건가요?"

"사실 맞네. 죽은 자들의 영상 장치에서 자네가 무죄라는 것은 우리도 익히 알고 있는 내용일세. 하지만 과도한 자기방어는 무죄가 아니네. 즉, 자네는 거대 길드와의 마찰에 그 어떠한 화해의 시도하지 않았다는 것은 자네가 이런 결과를 고의적으로 의도했다는 것이기도 하지. 왜냐하면 자네는 연금술사이면서 굉장한 능력자이기도 해. 자네를 살려준 그 특수한 메탈아머만 하더라도 엄청나지 않나? 지구에는 아직 없는 아머지. 그것은 미국이나 일본에도 마찬가지일 걸세. 그들이 특수 금속을 채굴했다는 징후는 아직까지 보이지 않았으니까 말이지."

오열은 군인이 너무 말을 잘한다고 생각했다.

완벽히 방어했다고 했는데 그의 말을 듣고 보면 자신이 잘못한 것이 되어버린다.

"게다가 자네는 뉴비드 행성의 사람들에게 화약을 주었더군. 그것도 아주 많이."

오열은 장일성의 말에 저절로 몸이 찔끔해졌다.

문제가 될 것이라고 생각하지는 않았다.

뉴비드 행성에 왕국이 어디 하나둘인가.

그런데 문제가 된 것은 150명을 죽여 놓고 그 일을 했기 때문에 문제가 된다.

동일한 일도 타이밍에 따라 죄가 될 수도 있는 것이다. 그게 세상의 일이다.

"현실적으로 자네는 살 수가 없네. 그게 억울하다고 해도 정부는 사회와 여론의 눈치를 안 볼 수 없지. 그게 세상이고 인생이지. 이게 억울하다면 자네는 이런 일을 만들지 않았어야 했네."

오열은 주머니 속의 작은 구슬을 주물럭거렸다.

이 작은 구슬은 칼리쿨의 생명력으로 만든 최신 폭탄이다.

이것이 터진다면 이곳에 있는 모든 사람이 죽을지도 모른다.

하지만 그는 담담했다.

굳이 그런 모험을 할 필요가 없었다.

장일성이 저렇게 거창하게 만드는 것은 의도가 있기 때문이라는 것을 직감적으로 알 수 있었다.

만약 그의 말대로 그렇게 처리하려고 했다면 굳이 이런 말을 하지 않았을 것이다.

그냥 언론에 터뜨리면 된다. 그러면 지금 한창 시끄러운 국회의 일이 모조리 덮인다.

오열은 차분한 표정으로 가만히 있었다.

그 모습을 보며 장일성은 눈살을 찌푸렸다. 나이도 어린데 너무나 노련했다.

살려달라고, 기회를 달라고 해도 모자를 텐데 가만히 입을 다물고 있다. 그렇다고 겁을 먹은 것도 아니다.

'이놈, 진짜 물건이군!'

이런 유형의 인물은 권력이나 돈으로 찍어 누를 수 없다.

사이코 같은 증세가 있어 어떤 돌발 행동을 할지 예측할 수 없기 때문이다.

"그래서 자네에게 제안을 하나 하겠네."

"……?"

"인류는 새로운 몬스터의 출몰에 위협을 느끼게 되었네. 우리 정부도 국왕 전하의 명령으로 특수부대인 용의 기사단을 창설할 생각이네."

"그런데요?"

"거기 요원이 되어주게."

"싫어요."

"그럼 그렇게 알… 뭐? 싫다고?"

"네, 전 체질적으로 어디에 속하는 것을 싫어합니다. 이것은 제가 7개월 동안 땅만 파고 나서 생긴 공황장애와 비슷한 것이에요. 간헐적으로 찾아오는데 그때를 제가 예측하지 못합니다. 그때는 무슨 일이 있어도 안정을 취해야 합니다."

오열은 거짓말을 하고 있었다.

그런 증세가 있는 것은 사실이지만 심하지는 않았다.

하지만 별로 잘못한 것도 없는데 여론에 밀려 인생이 피곤해지는 것은 받아들일 수 없었다.

"게다가 자네는 아만다라는 여자와 사귀고 있지."

"젠장! 빌어먹을! 나 성질나면 여기 있는 놈들 다 죽여 버리는 수가 있어! 그녀를 건들면 어떻게 되는지 보여줄 거야!"

"하하, 자네, 뭘 착각하고 있군. 우리가 왜 그녀를 건드리겠는가? 난 그게 부당한 일이라는 것을 말하고 있는 것이지. 자네가 뉴비드 행성의 일에 끼어든 원인이 그녀 때문이라는 것이네."

"그런데요?"

오열의 목소리가 낮아졌다. 그러자 순식간에 마음의 안정을 찾을 수 있었다.

"아바타를 압수하겠네."

"뭐요?"

오열이 일어났다. 무시무시한 얼굴로 장일성을 노려보았다.

"자네가 나를 죽이고 여기 있는 모든 사람을 죽여도 안 되는 것은 안 되는 거야."

오열은 장일성의 얼굴을 노려보았다.

고집 센 얼굴, 타협을 모르는 눈빛, 교묘한 입술. 한마디로 오열은 그를 이길 수가 없었다.

"조건은요?"

"아까 말했네."

"하지만 난……."

"그럼 옵저버로 활동하게. 나도 자네가 단체생활을 할 타입이 아니라는 것을 알고 있네. 그것은 용의 기사단에도 모험이 될 거야. 하지만 일정 기간 합숙 생활을 해야 하네. 그것은 전술 훈련을 하려면 어쩔 수 없는 일이지. 거긴 군대니까."

"쩝."

오열은 입맛을 다셨다.

입이 텁텁하고 갈증이 났다. 탁자 위에 차갑게 식은 차를 벌컥벌컥 마셨다.

"그리고 자네가 더 이상 그 세계에 개입하지 않아야 하고, 자네 애인의 할아버지에게도 입단속을 해야 하네. 더 이상의 화약을 만들지 않겠다고 맹세를 하게 만들어야 하네."

"네, 그러죠."

오열은 아바타를 다시 접속할 수 있게 해준다는 뉘앙스의 말에 곧바로 꼬리를 내렸다.

역시 그는 장일성의 상대가 되지 못했다.

말 한마디로 오열을 들었다 놨다 했다. 덕분에 오열은 반항다운 반항도 해보지 못하고 장일성의 말을 들어야 했다.

브로도스에게 화약을 만들지 못하게 하는 것은 문제가 되지 않는다.

그가 무기를 만들 만큼 만들고 나서 천천히 이야기하면 될 것이다. 기한을 정하지 않았으니 말은 아무 때나 해도 되니 말이다.

저들이 지금 신경을 쓰는 것은 뉴비드 행성이 아니고 이곳의 여론이었다. 여론만 괜찮다면 사실 오열을 제재할 명분도 없었다.

장일성은 회심의 미소를 지었다.

이런 애송이는 아무리 성질이 고약해도 그는 순한 양처럼 다룰 수 있었다.

이런 놈은 이런 약점이 있고 저런 놈은 저런 약점이 있는 법이다. 그는 생긴 것과는 달리 굉장히 머리가 좋고 약았다.

그리고 집요해서 국회의원들이 그를 보면 도망가기에 바빴다.

"우리는 자네가 사건을 일으키고 자살한 것으로 처리할 것이네. 마침 자네가 처음 만든 아바타가 우주함선 지니어스23의 창고에 보관되어 있지. 그놈이 자네를 대신해서 죽게 될 것이네. 그리고 자네는 한동안 안가에서 머물면서 외부와의 출입이 통제될 것이며 약간의 훈련과 성형수술을 거쳐 자유로운 생활을 다시 하게 될 것이네."

오열은 고개를 끄덕였다. 그리고 장시간 이야기하면서 그에게 불리한 조건은 집요하게 거부하였다.

덕분에 3일이나 지나 계약서가 완성되었다. 그러나 아무리 계약서를 잘 작성했어도 이미 똥이 된 것은 변하지 않는 사실이었다.

오열은 하늘이 무너질 듯 크게 한숨을 내쉬었다.

오열이 늦은 시간에 PMC에서 나오자 추적추적 내리는 비는 아스팔트 위에서 튕기며 어스름한 달빛을 반사하고 있었다.

길가의 플라타너스는 비에 맞은 넓은 잎사귀를 늘어뜨리고, 우산 속의 오열의 눈동자는 어둠만큼 짙은 회색이었다.

인생은 생각처럼 아름답지 않았다.

비까지 내리다니!

오늘 하루가 개똥같았다.

오열은 PMC를 나오면서 자신이 장일성 소장에게 당한 것을 깨달았다.

자신은 무죄다.

그런데 갑자기 범죄자가 되어버린 것이다.

그렇다고 장일성 소장이 자신을 속인 것은 또 아니었다.

정말 그의 말대로 사람들은 진실을 알고 싶어하지 않는다.

사실, Fact만 알기를 원한다.

사건이 어떻게 시작되었고 어떤 과정을 거쳤는지보다 결과만 알기를 원한다.

붉은 늑대가 어떤 악행을 저질렀는지보다 150명이 죽은 사실에 사람들은 큰 충격을 받을 것이 명백했다.

언론은 특유의 자극적인 기사를 써내며 진실보다는 허무

맹랑한 소설을 쓰는 데 열을 올릴 것이다.

오열은 자신이 얼마나 어리석은 행동을 했는지 비로소 깨달았다.

후회는 아무리 빨리 해도 항상 늦게 마련이다.

그러나 슬퍼할 이유는 없었다. 후회는 인간을 성숙하게 만들기 때문이다.

'다시는 이런 어리석은 일을 하지 않겠어.'

오열은 더 이상 PMC에도 끌려 다니지 않겠다고 결심했다.

인생의 주인은 바로 자신이어야 하지 다른 사람이 되어서는 곤란했다.

생각을 깊이 있게 하는 것, 이제 그것이 얼마나 중요한지를 알게 되었다. 그래서 인생은 경험을 무시할 수 없다.

오열은 나지막하게 한숨을 내쉬었다. 그의 곁으로 승용차한 대가 빠르게 지나갔다.

오열은 집으로 발길을 돌렸다.

이제 그가 필요한 물건을 챙기면 나머지는 모두 PMC가 해줄 것이다.

앞으로는 어디인지도 모르는 곳에서 한동안 감금 아닌 감금 생활을 해야 할 것이다.

'어쨌든 아바타를 접속할 수 있게 되었어.'

오열은 아만다를 만나 사랑을 하는 것도 소중했지만 아바타를 통해 자신의 능력을 업그레이드하는 것이 그 무엇보다 중요했다.

집에 도착하니 8시가 되었다.

PMC에서 저녁을 얻어먹었기에 배가 고프지는 않았다.

몸이 찌뿌드드하였다. 마음도 몸도 많이 지쳤다.

오열은 갑자기 아만다가 보고 싶었다.

늦은 저녁에 접속하여 아만다를 찾았다.

"어머나, 달링!"

아만다가 오열을 보며 무척이나 놀라 달려왔다.

"이 시간에 웬일이에요?"

"보고 싶어서."

이제 아만다도 오열의 비밀을 상당 부분 알았다.

다른 행성의 사람이라는 것, 그리고 본체가 아니라는 사실도 알았다.

그것이 그녀의 마음을 더 갈급하게 만들었다.

남녀 사이에 비밀을 유지하는 것은 생각보다 많이 힘들다.

어쩔 수 없이 숨겨야 하는 것이 아니라면 눈치 빠른 여자들은 금방 알아낸다. 그러니 속이는 것 자체가 어쩌면 불가능할지도 모른다.

침대에서 사랑을 하고 나서 오열은 아만다를 안으며 부드러운 몸을 쓰다듬었다.

아만다가 갑자기 몸을 뒤척이더니 일어나서 오열을 바라보며 말한다.

"나 지구에 가고 싶어."

"뭐?"

"항상 이렇게 짧게 만나잖아. 당신하고 하루 종일 같이 있고 싶어. 그리고 당신 아기도 낳고 싶고. 달링은 아니야?"

"나도 물론 그래. 하지만 거의 불가능한 일이야. 아직 사람에 대한 임상 실험이 끝나지 않았어. 너무 위험해."

"당신하고 함께할 수만 있다면 난 어떤 위험도 감수할 수 있어."

오열은 아만다의 말에 감격했지만 정말 아직은 불가능했다.

개나 고양이는 뉴비드 행성에서 지구로 보내는 것에 성공했다.

하지만 인간을 놓고 실험을 하는 것은 쉬운 일이 아니었다.

인간과 비슷한 침팬지를 보내고 성공한다면 이 행성의 사람 중에서 골라 지구로 보낸 다음 무사하다는 것이 확실해져야 본격적인 지구와 행성 사이의 포탈이 이루어질 것이다.

오열은 아바타를 접속한 김에 마나 수련을 하기로 했다.

그는 자신이 더 강해져야 함을 느꼈다. 연금술도 마법도 더 배워야 한다.

얼마 전부터 마나 수련을 하면 단전이 따뜻해지면서 꿈틀거리는 현상이 심해졌다.

오열의 내공은 메탈에너지와 결합된 것이라 비록 작아도 그 강함은 굉장했다.

그런데 오늘은 그 내공이 끓고 있었다. 연못에 가득 찬 물이 다른 곳으로 흘러넘치듯 내공이 온몸을 돌아다니기 시작했다.

내공이 가는 곳마다 타는 듯한 통증과 함께 상쾌한 느낌이 동시에 느껴지자 몸이 저절로 움찔거렸다.

이런 경우는 듣지도 보지도 못했기에 걱정이 되었지만 상쾌한 느낌이 병행되기에 큰 염려는 하지 않았다.

오열이 내공을 익히기는 했지만 내공의 운용 방법은 잘 모르고 있었다.

그가 익힌 심법이 단순한 호흡법 정도로만 알고 있었는데 이곳에서 생각지도 않은 기연을 얻은 것이다.

그것은 대자연 속에 흩어져 있는 마나의 농도였다. 마나가 있음으로 인해 이 호흡법이 단순한 단전호흡과 같은 것이 아닌 유래가 있는 무공심법이라는 것을 알게 되었다.

"컥!"

오열은 마나의 덩어리들이 머리를 치고 나가자 통증에 놀라 비명을 질렀다.

몸을 한번 부르르 떨자 마나의 힘이 슬며시 모래 속으로 스며드는 물처럼 흔적도 찾을 수 없게 사라져 버렸다.

오열은 한참 후에 눈을 떴다. 약간 어지러웠지만 잠시 후에 곧 괜찮아졌다.

'내가 발전한 것인가?'

오열은 가볍게 일어나 뛰어보았다. 살짝 몸을 공중에 띄운다는 생각으로 몸을 움직였는데 무려 2미터나 도약했다. 그리고 허공에 머무는 시간도 늘어났다.

'깨달음을 얻은 것인가?'

사실 오열은 그동안 힘을 가지게 되자 교만해져 있었다.

자꾸 가지고 있는 힘을 확인해 보고 싶고 자랑도 하고 싶었다. 그런 교만이 그의 발전을 가로막고 있었던 것이다.

겸손함을 잃으면 발전 또한 잃어버리게 된다.

항상 자신의 부족함을 인정하고 그것을 극복하려고 노력할 때 발전이 일어나는 것이다.

그런데 그동안은 이 정도면 되었다고 자만하였던 것이다.

접속을 종료하자 어느덧 아침이 되었다.

오열은 아침도 거르고 바로 그 자리에서 심법을 수련했다.

예전 같으면 잠을 먼저 잤을 것이다.

하지만 오늘은 먼저 수련부터 했다. 아바타가 경험한 것을 지구에서도 빨리 느끼고 싶었다.

마법진이 빛을 내며 마나를 생성해 내자 오열은 눈을 감고 차분하게 심법을 수련했다.

마나가 몸을 돌며 반응하기 시작했다.

아바타가 경험한 것을 느리지만 그대로 느끼기 시작했다. 단전이 따뜻해지기 시작하더니 종내에는 걷잡을 수 없이 뜨거워지기 시작했다.

'으윽!'

마침내 내공과 결합된 메탈에너지가 단전을 벗어나 몸 구석구석을 돌기 시작했다.

내력은 개구쟁이처럼 이곳저곳을 기웃거리기 시작하더니 이윽고 크고 넓은 길을 따라 전진하기 시작했다.

오열은 아바타가 경험한 것이 현실에서도 가능해지자 기쁜 마음이 들었다.

'더 강하게.'

메탈에너지가 그의 의지에 반응하여 빠르게 뛰기 시작했다.

'더 깊숙이.'

메탈에너지와 결합한 내력이 그동안 가지 않은 깊숙한 곳까지 달려가기 시작했다.

내력이 가는 곳마다 몸이 찢기는 고통을 느꼈지만 이를 악물고 참았다.

아바타로 느낀 것보다 더 고통스러웠다. 이를 악물고 참아
도 잇새로 신음이 터져 나왔다. 그러나 내력이 지나간 자리에
는 상쾌한 느낌이 남았다.

'안 돼. 여기에서 멈출 수는 없어. 이번이 절호의 기회야.'

오열이 흐려지는 의식의 끈을 다시 붙잡고 내력을 돌렸다.

마법진에서 쏟아져 나오는 마나가 일순간에 많아졌다. 그
마나가 오열의 허파로 들어갔다가 온몸으로 다시 흩어졌다.

오열은 이를 악물며 참았지만 어느 순간 의식을 잃고 말았
다.

오열이 잠을 자는 사이에도 내력은 여전히 돌았다. 오열의
의지에 반응한 마나가 이전에 하던 일을 계속했기 때문이다.

마나는 지구의 기와도 비슷한 것이기는 하지만 의지를 가
진다는 면에 있어서는 전혀 달랐다.

마나가 의지를 가졌기에 마법사의 주문에 공명하여 마법
을 발현시키는 것이다.

오열이 깊은 잠에 빠진 그 시간에도 마나는 오열의 몸 구석
구석을 다니며 길을 넓혔다.

그가 잠든 사이에 오열의 몸에서 검은 탁기가 흘러나오기
시작하더니 심한 냄새를 동반한 검은 진액이 흘러나왔다.

오열은 자면서도 미소를 지었다.

그가 깨어 있을 때에는 고통으로 이를 악물던 것을 생각한다면 너무나 대조적인 모습이다.

오열은 이틀을 자고 일어났다.

일어났는데 유난히 몸이 가벼웠다. 몸에서 냄새가 심하게나 주위를 돌아보니 침대 시트가 검게 물들어 있었다.

'혹시 환골탈태?'

주위를 돌아보고 몸을 살펴보아도 달라진 것은 없었다. 다만 몸이 말할 수 없이 상쾌해진 것을 빼고는 말이다.

아바타를 접속한 이래 지구에서 벌어진 가장 놀라운 사건이었다.

오열은 샤워를 하면서 말할 수 없는 희망으로 가슴이 두근거렸다.

그동안 하늘을 가리고 있던 검은 구름이 사라지고 밝은 태양이 떠오른 느낌이었다.

오열은 이를 악물었다.

붉은 늑대를 처리한 것은 다소 과하기는 했지만 쓰레기를 청소했다고 생각했는데 세상은 그렇게 생각하지 않았다.

그렇다면 세상이 인정할 수밖에 없을 만큼 강해져야 한다.

분명 PMC는 메탈사이퍼의 의무는 몬스터로부터 인류를 지키는 것이라고 말했다.

붉은 늑대는 메탈사이퍼들 간에 분쟁을 일으키는 쓰레기

길드에 불과했다.

세상은 그들을 사람이라고 보는지 모르지만 오열은 아니었다.

그들은 질서파괴자, 양아치 쓰레기였다. 오열은 자유를 억압한 PMC에 이를 갈았다.

오열은 오랜만에 신문을 보았다.

모든 신문은 붉은 늑대에 대한 기사로 도배가 되다시피 했다.

그들을 동정하는 논조도 있었지만 정상적인 길드는 아니라는 의견이 더 강했다.

다른 길드에 속한 메탈사이퍼들의 인터뷰도 있었다.

─붉은 늑대 길드는, 뭐라고 말할까요? 우선 정상적인 길드는 아니었죠. 특히 중소형 길드에게는 깡패나 다름없었습니다. 사냥터 통제는 기본이고 별도의 세금을 그들에게 내야 했죠. 제가 아는 분도 붉은 늑대에게 반항했다가 맞았는데 전치 8주가 나왔죠. 물론 그렇게나 많은 사람이 죽은 것은 정말 유감입니다.

─붉은 늑대는 메탈사이퍼가 아니라고 느끼게 할 때가 많았어요. 몬스터로부터 국민을 보호할 생각은 없었고 오로지 더 많은 돈을 벌어야겠다는 탐욕만 있었습니다. 물론 그들의 죽음에는 깊은 조의를 표합니다.

―붉은 늑대요? 그들도 던전 사냥의 한 축이었죠. 방법이 정당하다고 여겨지지는 않았지만 파티 사냥에서 소외된 궁수들이 모여서 할 수 있는 일이 적으니까 어느 정도 이해는 됩니다.

장일성 소장이 힘을 썼는지 기사에는 붉은 늑대에게 불리한 내용이 자주 보였다.

기사의 뒤에 달린 리플은 더욱 노골적으로 그들의 만행을 증언하였다. 그래서 150명이 죽었음에도 불구하고 후폭풍은 예상보다 약했다.

오열은 신문을 탁자 위에 내려놓고 생각을 정리했다.

계약서에 사인을 했으니 일은 해야 한다. 그러나 하루속히 벗어날 방법을 마련하면 된다.

오후에는 시골집에서 부모님으로부터 전화가 왔다.

걱정하는 부모님에게 걱정하지 말라고 말씀드렸다.

"저 잘 있어요. 걱정하지 마세요."

―난 너를 믿는다.

"네, 아버지."

오열은 아버지의 말에 콧잔등이 시큰해졌다.

과묵하기 그지없는 아버지가 전화를 하기까지 얼마나 많은 생각을 하셨을까 생각하니 마음이 좋지 못했다.

어머니는 옆에서 '아이고, 이를 어째!' 하는 말만 반복하다가 오열과 통화를 하고 나서야 진정하셨다.

* * *

이영은 영국에 박사학위 문제를 의논하려고 갔다가 돌아오니 난리가 나 있었다.

던전에서 몬스터 사냥을 하던 길드원 150명이 죽었다는 기사를 보고는 깜짝 놀랐다. 그리고 그들의 죽음과 관련이 있는 사람이 자신이 아는 오열이라는 사람임에 더욱 놀랐다.

그녀는 사실 오열에게 관심이 있었다.

평범한 남자지만 여러 면으로 독특한 개성을 가진 사람이었기 때문이다.

'그 사람이 성격이 거친 면은 있어도 이렇게 무모한 일을 벌일 사람은 아닌 것 같았는데…….'

무엇보다도 그녀가 놀란 것은 그가 어떻게 150명이나 되는 사람을 죽일 수 있었느냐는 점이다.

그래서 일부 기사에서는 오열의 혐의에 대해 의문을 제기하기도 하였다.

이영은 정말 그 남자가 그런 대담무쌍한 짓을 저질렀다는 것을 믿을 수가 없었다.

그가 처음 자신에게 비열할 정도로 아부하던 모습과 그 뻔뻔스러움은 유쾌하기는 했다.

오열이 너무 대놓고 아부를 하다 보니 간혹 그게 정상으로 보일 때도 있었다.

'정말 믿을 수 없어! 아바타에 접속해야겠어.'

이영은 급한 마음에 바로 아바타에 접속하였지만 오열을 만날 수는 없었다.

하루 종일 그를 기다리다가 늦은 저녁에 접속을 종료하고 쉬었다. 하늘에 떠 있는 별 하나가 외로운 그녀의 마음 같았다.

"공주님, 선화 양이 오셨습니다."

"안으로 모시세요."

이영은 이선화가 이 늦은 저녁에 자기를 찾아왔다는 말에 고개를 갸우뚱했다.

그녀가 이렇게 늦은 시간에 찾아왔다는 것이 매우 이상했다.

사촌이라 왕궁 출입을 자유롭게 할 수 있는 그녀지만 그렇다고 이렇게 늦은 시간에 찾아온 것은 처음이다.

문이 열리자 고양이 상을 한 귀여운 여자애가 팔짝 뛰어 들어왔다.

"이영아, 나왔어."

"어서 와. 그동안 잘 지냈어?"

"너 들었지?"

"응? 뭐?"

"메탈사이퍼 한 명이 다른 메탈사이퍼 150명을 싹 죽였다는 이야기."

"아, 안타까운 일이야. 많은 사람이 죽었고, 또 여러 명이서 한 명을 괴롭히다가 일어난 일이잖아."

"잘 죽었지. 그런 놈들은 다 뒈져야 해."

"어머, 선화야, 마음에 있는 생각을 그대로 말로 다 하면 어떻게 하니. 입으로 내뱉을 때는 걸러서 해야지."

"뭐, 너니까 괜찮아. 호호!"

선화가 웃자 완전히 귀여운 고양이가 되어버렸다. 날카롭게 보이던 눈도 동글동글한 얼굴에 가리어졌다.

"이영아, 나 이제 오늘부터 그 사람 팬 하기로 했어. 너무 멋지지 않니?"

"……?"

이영은 선화의 머리를 손으로 짚어보았다.

머리에 열이 없는 것을 보니 정상이긴 한데 절대로 정상적인 말로 들리지 않았다.

*　　　*　　　*

붉은 늑대가 몰락하자 3대 거대 길드와 중형 길드들이 발 빠르게 움직이기 시작했다.

붉은 늑대가 관리하던 던전이 무주공산에 빠졌기 때문이다.

가디언스의 길드마스터 김인옥은 요즘 정신이 없었다.

그뿐만 아니라 대부분의 거대 길드의 마스터들은 당혹스러웠지만 재빠르게 붉은 늑대가 관리하던 던전을 차지하기 위해 움직였다.

"어떻게 되었나?"

"수색 쪽의 던전에는 저희가 진출해야 합니다. 관악산과 이천 쪽은 페가수스와 가즈나이트가 노리고 있습니다."

김인옥의 말에 이찬혁 길드 부마스터가 대답했다.

그는 김인옥의 처남이면서 동시에 전략기획팀을 이끌고 있었다.

가디언스 길드의 부마스터는 모두 세 명이다. 이는 가디언스 길드뿐만 아니라 대부분의 거대 길드는 부마스터가 세 명 이상이었다.

"수색 쪽은 던전의 난이도가 너무 어렵지 않은가?"

"바로 그래서 페가수스나 가즈나이트가 손을 대지 않는데 바로 그 이유 때문에 저희가 해야 합니다. 무혈입성이 가능하고 또 당장은 수입이 많지 않으나 몬스터 헌터들의 실력이 올

라가면 가장 각광을 받을 곳이 바로 수색에 있는 던전입니
다."

"흠, 그렇군. 그러면 그렇게 하도록 해."

김인옥은 처남 이찬혁을 내보내고 한숨을 내쉬었다.

오총명 부길마가 오열과 관련된 일에 절대로 관여하지 말
라고 해서 붉은 늑대의 일에 끼어들지 않았다.

그런데 붉은 늑대의 150명이나 되는 길드원이 한꺼번에 죽
게 되자 모골이 송연해졌다.

그는 그때 마음이 혹한 것도 사실이다.

단순하게 또라이 한 명이라고 생각했는데 예상을 벗어났
다.

붉은 늑대가 밀릴 것이라는 생각은 어느 정도 했다.

그렇지 않다면 붉은 늑대가 도움을 청하지 않았을 것이다.

그런데 이 정도로 완벽하게 당할 줄은 예상을 못했다.

만약 거기에 참여했더라면 지금쯤 가디언스 길드도 박살
났을 것이다.

"정말 말도 안 나오는군. 연금술사가 그렇게 대단할 줄이
야. 정말 놀라워!"

기자들에게 들은 정보에 의하면 붉은 늑대 길드원들은 던
전의 천장이 무너지면서 붕괴 사고로 죽었다고 한다.

어떻게 했기에 그렇게 단단한 던전이 붕괴된단 말인가.

아무리 뛰어난 능력을 가진 메탈사이퍼도 1 : 150은 불가능하다.

특히 원거리 공격수가 많은 붉은 늑대에게는 더더욱 말이다.

그들의 장점은 궁사들의 일점사라고 불리는 가공한 화력이다.

이 때문에 거대 길드도 붉은 늑대에게 한 수 양보했던 것이다.

많은 궁수가 오직 한 타깃만 잡고 공격하면 그 위력은 상상하기도 힘들다.

다굴에는 장사가 없는 법이니까.

"흠, 이거 몸조심을 단단히 해야겠는데."

김인옥은 비서가 가져다 준 서류를 보며 다시 일을 시작했다.

하지만 일이 손에 잡히지 않았다.

연금술사!

이전에 알던 허접한 망한 캐릭터가 아닌 것이다.

'길드에 연금술사 섭외 좀 하라고 해야겠군.'

사실 김인옥은 연금술사가 뭐하는 직업인지 잘 알지 못했다.

더구나 그 연금술사가 화약을 다룰 수 있을 줄은 정말 몰랐다.

얼핏 듣기로는 연금술사는 비전서도 만들고 해서 많은 실험을 해 재벌도 쫄딱 망하는 직업이라고 했다.

가즈나이트의 길드마스터인 차인태는 붉은 늑대가 망했다는 소리를 듣고 깜짝 놀랐다.

그냥 망한 것이 아니라 하루아침에 150명이나 되는 길드원이 모조리 죽어버린 것이다.

차인태는 오태호 전략본부장의 말을 듣고 발을 담그지 않은 것에 감사하는 마음마저 들었다.

'후후, 그나저나 이제 남은 놈들이 힘들겠군.'

실력이 좋은 길드원들이 다 죽었기 때문에 남은 붉은 늑대 길드원으로는 길드가 유지되기 힘들다.

그렇게 되면 거대 길드를 등에 업고 못된 일을 많이 했으니 그동안 당한 사람들이 가만있지 않을 것이다.

몬스터 사냥꾼들은 의외로 뒤끝이 있다.

몬스터를 놓고 치열하게 자리싸움과 목숨을 내놓고 하는 몬스터 사냥은 사람들의 성격을 강하고 끈질기게 만들어놓는다.

특히나 붉은 늑대에 당한 메탈사이퍼들은 이번 기회를 통해 반드시 보복하려고 들 것이다.

'흠, 유진산업이 곧 매물로 나오겠군.'

그는 눈에 보이는 던전 쟁탈전에도 관심이 있지만 장록수가 가졌던 유진산업에 관심이 더 많았다.

몬스터 부산물 유통업을 하고 있는 그는 가공업도 해보고 싶었다.

유통업도 돈이 되지만 가공업을 병행한다면 일석이조였다.

붉은 늑대가 사라진 유진산업은 몬스터 부산물을 안정적으로 구하기 힘들어질 것이다.

장록수가 남겨준 재산으로 유가족들이 유진산업을 유지할 수는 있다.

그러나 운영하면 할수록 엄청난 적자에 시달리게 될 것이다.

사실 거대 길드가 사냥터를 통제하는 이유 중의 하나가 바로 이 몬스터 부산물 확보 때문이다.

*   *   *

오열은 다시 평범한 일상으로 돌아갔다.

아바타에 접속하여 아만다와 데이트를 하면서 PMC에서 제공해 준 안가에서 쉬었다.

국가를 위해 일하기로 했지만 그렇다고 무료 봉사는 아니었다.

작전에 들어가면 연금술사로 필요한 물건과 몬스터를 잡을 때 소모된 비용은 모두 청구된다.

토벌한 몬스터의 사체를 처분했을 때에도 번 돈을 n분의 1로 배당받는다.

오열은 억울하지만 장일성 소장의 말은 사실이었다.

한국의 법은 아무리 그것이 사고라 하더라도 사람이 죽게 되면 엄격해지는 속성이 있었다.

검사가 무죄라고 기소를 하지 않으려던 사건도 사람이 죽으면 그 순간부터 변해 버린다. 물론 이런 경우는 태반이 집행유예가 되지만 말이다.

변호사에게 인터넷으로 문의해 본 결과 5년 이상의 형을 선고받을 가능성이 있다고 했다.

일단 전투 중에 사람이 죽으면 완전 무죄는 없다는 것이다.

특히나 메탈사이퍼 간의 사적인 분쟁을 인정하지 않는 현행법에서는 어쩔 수가 없다는 것.

변호사의 말로는 정당방위를 할 때 과잉 대응이 원칙에서 벗어나면 문제가 된다고 했다.

정당방위가 생명의 위협을 받았다고 해서 무조건 인정되는 것이 아니라 그 반격의 한계가 있는데 오열의 경우는 그

범주를 넘었다는 것이다.

즉, 위기에서 벗어나기 위해 다른 방법을 시도하거나 폭약을 사용하더라도 위기를 벗어날 정도의 적은 양만 법률적으로 인정을 받는다는 것이다.

150명이나 되는 사람을 죽일 정도면 그것은 정당방위로 인정되지 않는다는 말을 듣게 되자 어이가 없었다. 일반인이 알고 있는 법 상식과 배치되는 내용이다.

오열은 마음을 비우고 이전보다 더 많은 시간 동안 아바타에 접속하면서 마나 심법을 수련하였다.

뉴비드 행성에 불시착한 연합군 중에서 광부가 없는 나라는 한국과 중국뿐이었다.

이 두 나라를 제외하고는 연금술사의 가치를 제대로 인정해 줄 나라는 없었다. 일본과 미국은 광부뿐만 아니라 연금술사도 있었다.

어쨌든 아바타를 통해 능력을 업그레이드하고 있는 상황에서 정부와 척을 지는 것은 어리석은 일이었다.

"휴우~"

오열은 깊은 숨을 내뱉었다.

오늘도 마나 심법을 하며 놀라울 정도의 성과를 얻었다.

마나가 가는 길을 완전히 이해했다. 마나는 가던 길로 가는 성향이 있어 의도적으로 유도하기가 쉽지 않았다.

하지만 길을 잘 닦아놓기만 하면 잘못될 확률도 그만큼 낮았다.

오열은 웃었다.

아직 미래가 결정된 것이 아니다. 오늘이 가장 중요했고, 오늘을 어떻게 하느냐에 따라 미래도 달라질 것이기 때문이다.

'난 당신들이 생각하는 그런 마음 좋은 사람이 아니야. 내 삶은 내가 결정해. 기다려. 나를 억압한 것에 대한 보답은 꼭 할게.'

오열은 끝없이 노력했다.

아바타를 접속하고서도 대부분의 시간을 마나 훈련을 하는 데 사용했다.

지구에서도 그랬다.

이렇게 되자 안가에 박혀 있는 것이 의미가 없었다. 예전에 아바타로 땅을 7개월 동안 팔 때에는 거의 밖에 나가지 않았다.

오열은 오랜만에 손님을 맞이했다.

PMC의 비밀 업무를 담당하는 나동태 차장이었다. 그는 오열에게 몇 가지 사진을 보여줬다.

"뭔가요?"

오열이 사진들을 보며 물었다.

남자 연예인의 모습도 있고 회사원처럼 보이는 인물도 있었다. 공통점은 모두 잘생긴 남자들이라는 점이다.

"이왕이면 멋진 모습으로 성형수술을 하시는 것이 어떨까 해서 보여드리는 것입니다. 지금의 모습도 나쁘지 않지만 어차피 고칠 바에는 좋은 쪽으로 고치는 게 낫지 않습니까?"

오열은 사진들을 보며 생각했다.

그의 말대로 이왕이면 못생긴 얼굴보다는 잘생긴 얼굴로 고치는 것이 낫다.

어차피 지금의 얼굴에서 사람들이 알아보지 못하게 성형을 한다면 이미지가 나빠질 수도 있었다.

이미지를 변화시키는 것은 의외로 작은 부분을 고치기만 해도 되는 경우가 있다.

눈꼬리를 올린다든지 아니면 입모양을 고친다든지. 하여튼 느낌이 전체적으로 전혀 달라져야 하니 예전의 모습을 그대로 유지하고 있기는 힘들었다.

꽃미남으로 추정되는 얼굴을 보며 오열은 당혹스러웠다.

성형수술을 한다는 것을 알고는 있었지만 실제로 하려고 하니 난감했다. 이전과 다른 자신의 얼굴을 떠올리자 왠지 이상해졌다.

"먼저 성형수술을 하고 난 뒤 아바타로 오열 씨의 자살을 위장하겠습니다."

"……."

"꼭 그 방법밖에 없나요?"

"뭐 감옥을 가시겠다면야……."

오열은 나동태의 말에 앞에 있는 사진을 집어 들었다.

"이걸로 합시다."

"하하, 그럴 줄 알았습니다. 그 사진은 모두 이오열 씨와 얼굴형이 비슷한 사람들을 추린 것입니다. 그런데 전혀 다른 사람 같지 않습니까?"

오열은 사진들을 유심히 봤다.

그러고 보니 얼굴형이 갸름한 사람들만 있었다. 오열의 얼굴도 갸름한 편이었다.

"정말 이렇게 되나요?"

"하하, 사람이 로봇이 아닌데 어떻게 똑같아질 수가 있겠습니까? 형이 같지만 미세하게 골격 구조가 다 다른데요. 하지만 비슷한 이미지가 될 것은 확실합니다."

"후유증은 없습니까?"

"없습니다."

"어떻게 그렇게 확신하시죠?"

오열은 은근히 수술이 잘못되거나 후유증이 생길 것을 염려했다.

"메탈사이퍼 아니셨어요?"

"그런데요?"

"그러니까요. 능력자들의 신체능력은 보통의 인간보다 탁월하게 발달해 있지 않습니까? 그러니 일반인에게도 안전한 수술이 유독 능력자들에게 특별하게 부작용이 나타날 리가 없지 않겠습니까?"

"그, 그렇군요."

"그럼 오늘 바로 수술을 하러 가시죠."

"벌써요?"

"신문과 언론이 오열 씨에게 관심을 가지기 시작했습니다. 더 이상 미룰 수가 없게 되었습니다."

"흠, 그럼 하죠, 뭐. 까짓것, 죽지만 않으면 되겠죠."

"하하, 잘될 것입니다. 최고의 성형외과의가 집도할 것입니다."

오열은 자리에서 일어나 그를 따라나섰다.

메탈아머와 에너지소드는 안가에 놓고 위급한 상황에 쓸 수 있는 도구들을 챙겼다.

오늘날 과학의 발전이 모든 영역에 크게 영향력을 미쳐 성형수술도 시간이 별로 걸리지 않았다.

아무리 복잡한 성형수술이라고 하더라도 30분을 넘지 않았다. 뼈를 깎지 않는 수술의 경우는 대략 10여 분밖에 걸리지 않았다.

오열이 병원에 도착하자 이미 수술 준비는 끝나 있었다. 지하 주차장에서 내려 엘리베이터를 타고 내리자마자 바로 수술실이었다.

나동태 차장이 담당의에게 사진을 보여주었다.

그는 사진을 스캔하고는 오열을 사진 찍어 두 사진을 비교하기 시작했다. 그리고는 가볍게 버튼을 누르자 새로운 이미지를 가진 그림이 나타났다.

"이 얼굴입니다. 마음에 드시나요?"

"아, 지금 얼굴보다는 다소 낫네요."

"이 사진은 1차적으로 가장 단순한 수술입니다. 마음에 들지 않으시면 다른 각도로 수술을 생각해 볼 수도 있습니다."

"어떻게요?"

"하하, 뭐 제가 전문가가 아닙니까? 당연히 이 손으로 만들죠."

의사가 썰렁한 농담을 했지만 하나도 웃기지 않았다.

오열은 두 번째 사진이 마음에 들었다.

첫 번째 사진은 잘생긴 얼굴이지만 밋밋했다. 그런데 두 번째 얼굴은 잘생기기도 했지만 개성이 강한 이미지였다.

얼굴에서 카리스마가 펄펄 흘렀다. 이전의 얼굴과는 확연히 다른 얼굴이다.

오열이 결정하자 수술이 바로 시작되었다.

이미 모든 준비를 마친 상황이라 링거를 꽂고 침대에 누우면 되었다. 환자복을 갈아입고 바로 수술을 시작했다.

이래도 되나 싶을 정도로 무성의한 수술이었다. 오열이 눈을 떴을 때는 대략 한 시간이 지나 있었다.

수술 20분, 마취에서 깨는 데 35분이 걸렸다.

오열은 자신의 얼굴을 볼 수가 없었다. 마취에서 깨어나자 가벼운 셔츠를 입고 럭셔리한 특실에서 이틀을 머물다가 집으로 돌아왔다.

거울 속에는 오열이 아닌 전혀 다른 남자가 있었다. 오열은 퉁퉁 부은 자신의 얼굴을 보며 꼭 감자 같다고 생각했다.

'찐빵을 닮았군!'

얼굴이 동글동글해졌다. 물론 붓기가 빠지면 제 얼굴을 찾을 것이다.

'포션을 먹으면 빨리 낫겠지?'

오열은 포션을 먹고 침대에 누워 뒹굴다 잠이 들었다. 잠에서 깨어나 거울을 보니 웬 절정의 미남자가 자신을 보며 웃고 있었다.

'아, 시바! 이런 얼굴이면 진작 돈을 주고라도 성형수술을 했을 텐데.'

오열은 거울에 비친 잘생긴 얼굴을 바라보며 한껏 폼을 잡왔다.

조각미남까지는 아니어도 굉장히 매력적인 얼굴이다.

오뚝한 코, 이지적인 눈빛, 매력적인 턱선 등 무엇 하나 멋지지 않은 것이 없었다.

자신이 보아도 그놈 참 잘생겼다, 멋지다 하는 생각이 들 정도이다.

"영화배우를 해도 되겠군."

오열은 손을 얼굴에 살짝 대며 멋진 포즈를 잡았다.

예전의 귀엽기만 한 얼굴, 물론 그때도 제법 잘생긴 얼굴이었지만 지금의 얼굴에는 비할 바가 아니었다.

5장

몬스터 사냥

오열은 안가에서 쉬며 한가하게 보냈다.

그러는 사이 오열은 자신이 자살했다는 TV 보도를 접하고는 새로운 인생이 시작됨을 느꼈다.

연금술은 한동안 하지 않았다.

오로지 본체의 능력을 끌어올리는 데 최선을 다했다. 그래서 미약하지만 내공도 늘었다.

이렇게 조금씩 발전하면 언젠가는 최고의 자리에 오르게 될 것이라는 생각을 막연하게나마 했다.

한 달 후, 새로운 신분을 가지고 PMC가 하는 군사훈련에 참가하였다.

전술 이론을 위주로 강의가 진행되었다. 몬스터를 토벌하는 데 필요한 장비 사용법과 팀전술 훈련이 주된 내용이었다.

일반적으로 거대 몬스터를 상대하는 것은 가상현실 게임에서 레이드 하는 방식과 비슷했다.

탱커들이 앞에서 어그로를 끌고 뒤에서 전사들이 데미지를 넣는 것이다. 거기에 힐러들의 무한 힐이 따라오면 되었다.

기존 몬스터의 진화 상태를 듣는 것은 굉장히 유용한 지식이 되었다.

이전에도 도심으로 뛰어든 몬스터가 없었던 것은 아니다. 하지만 그런 몬스터의 준동은 쉽게 제압당하곤 했다.

그리고 몬스터 사냥이 보편화되면서 도시로 진입하는 몬스터는 없어졌다.

하지만 이번에 나타난 몬스터들은 휴식기를 거치면서 말할 수 없이 강해졌다.

첫 번째 거대 몬스터가 도심으로 뛰어들었을 때는 100여 명에 가까운 사상자가 생겼다.

방어구와 레이드 체계가 잡히면서 희생자는 줄어들었지만 여전히 사망자가 속출하고 있었다.

오열은 훈련생 중에서 가장 인기가 있었다.

그는 눈빛부터 남달랐다.

평소 다른 사람들을 눈 아래로 내려다보는 거만한 눈빛이 조각 같은 외모와 조화를 이루자 말로 표현하기 힘든 매력을 발산하였던 것이다.

시크한 눈빛, 당당한 태도, 어느 누구에게도 굽히지 않는 거만함이 삼위일체를 이루었다.

훈련을 받는 요원의 수는 많지 않았다.

60여 명 정도인데 여자가 20명이고 그중에서 힐러가 딱 반이었다.

힐러들은 힐을 넣을 때의 타이밍과 괴수들의 어그로가 힐러에게 튈 때의 대처법 등을 들었다.

오열은 딱히 들을 강의가 있는 것은 아니었다. 여기서도 연금술사는 열외였다.

지구에서 연금술은 가장 연구가 덜된 영역이었다. 비록 그렇지만 전술훈련을 하면서 기존의 메탈사이퍼와 손을 맞추는 것은 굉장히 유용했다.

이전의 파티 사냥과는 차원이 다른 사냥법을 배웠다. 게다가 몬스터에 대한 정보와 대처 방법들도 유형화해 놔서 이해가 잘되었다.

오열은 점심을 먹고 벤치에 앉았다.

태릉의 한적한 곳에 세워진 PMC의 군사훈련학교는 제법 목가적인 낭만이 있었다.

건물과 정원도 굉장히 아름다웠다. 게다가 차로 30분 내의 거리에는 수목원과 목장도 있었다.

목장 주변의 정경은 그림처럼 아름다웠다.

비 오는 날의 풍경은 또 어떤가! 그날은 한 폭의 수채화였다.

오열은 다른 대원들과 별로 어울리지 않았다.

그는 이곳에서 배우는 내용이 유익하여 잘 듣고는 있었지만 그렇다고 마음에 드는 것은 아니었기 때문이다.

오열이 지나가거나 하면 여자들이 얼굴을 붉힐 때가 간혹 있었다.

오열은 그것이 이상했다.

얼굴 껍데기가 조금 달라졌는데 이렇게 여자들의 반응이 달라질 줄은 생각도 못했다.

오늘도 그가 앉은 벤치 주위를 맴도는 여자가 몇 명 있었다.

"저 남자 너무 멋지다. 우수에 찬 눈빛, 조각 같은 얼굴."

"나도 저 남자 왠지 좋더라. 그런데 이름이 뭐야?"

"오열이든가, 그렇다고 하던데."

"오열? 어디서 들어본 이름인데?"

"같은 이름을 가진 사람이 한둘이야?"

"그건 그래."

여자 둘이 말을 하면서도 홍조를 띠며 오열을 흘끗거리며 훔쳐보았다.

정말 그녀들이 바라보는 남자는 선이 굵고 잘생겼다. 유니폼 위에 살짝 걸친 카디건도 명품이었다. 명품을 추리닝처럼 입는 남자, 딱 보니 답이 나왔다. 남자는 말할 수 없이 엄청난 부자였다.

물론 이곳에 온 사람들 역시 메탈사이퍼라 가난한 사람은 한 사람도 없었다.

다 잘 먹고 잘사는 사람들이었다. 하지만 저렇게 명품을 귀찮은 듯 아무렇게나 입지는 않는다.

여자들의 눈에 콩깍지가 끼니 오열이 뭘 해도 멋져 보였다.

오열은 이곳에서 전투 직종으로 자기를 소개했다.

연금술사라고 소개하는 것은 아직 위험했다. PMC에서는 조금 더 지나서 밝히라고 요구했다. 오열도 기꺼이 동의했다.

"이봐, 여기 있었군."

고구마처럼 생긴 남자가 오열에게 다가와 친한 미소를 지었다.

탱커 장준식.

그는 이 용의 기사단 제1탱커 자리에 예약된 사람이었다. 성격이 좋아 누구와도 친해지지만 탱킹 실력만큼은 아주 뛰어난 남자였다.

"야, 또 여자들이 너보고 뻑이 간다."

"뭐 나도 나를 볼 때면 가끔 뻑이 가."

"하하, 그건 4가지가 없는 건데. 뭐 어쨌든 잘생긴 것은 인정."

"왜 왔어?"

"할 게 없잖아. 수업이 아침에만 있으니. 오후에는 한가하게 주위를 어슬렁거리면서 보내야지."

"저번에 그 테디베어 때 나갔다며?"

"아, 야골리언? 그놈 생긴 건 무척이나 귀여웠는데 정말 엄청난 놈이었지. 어그로도 잘 먹지 않았고 체력형 몬스터에 강화형이라 데미지도 잘 안 먹고 그랬지. 그때 사망한 메탈사이퍼가 20명 정도 되었지."

"그렇게 강했어? 옆에서 보니 좀 사납기는 한 것 같았는데."

"아, 너도 그때 나왔어?"

"그건 아니고, 집이 거기 근처였거든."

"호오, 집은 무사했어?"

"좀 떨어져 있었어. 다섯 블록 뒤였거든."

"아, 여기는 다 좋은데 너무 지루해."

"왜 이렇게 느슨하게 공부하는 거야?"

"특정한 목적을 가진 단체는 대부분 오전 수업만 하는 경우가 많아. 급하면 아마 4시까지는 수업이 연장될 거야. 그럴 경우는 거의 대부분이 새로운 몬스터가 출몰한 이후지."

오열은 장준식과 이야기를 하면서 흩어지는 구름과 그와 잘 어울리는 정원의 나무들을 바라보았다.

그가 봐도 이곳은 좋은 곳이었다.

단체 생활을 하는 곳이 아니라면 언젠가 한 번쯤 다시 오고 싶을 것 같았다.

"이곳에서 훈련이 끝나면 뭐할 거야?"

"글쎄다……. 특별히 할 것은 없어."

"우리 레이드팀 하나 만들려고 하는데, 넌 어때?"

"레이드?"

"수색 쪽에 좀 레벨이 높은 던전이 있거든. 난이도가 B-급인데 거의 대형급 몬스터에 근접하는 몬스터들이라 제법 실력이 있어야 해."

"그곳은 거대 길드가 통제 안 해?"

"이전에 붉은 늑대가 관리하던 곳인데 지금은 가디언스 길드가 노리는 모양이더라구. 가디언스 길드야 매너가 좋은 길드 중의 하나이니 터무니없는 요구는 안 해올 거야."

오열은 장준식의 말에 고개를 끄덕였다. 그렇지 않아도 이제 혼자 하는 사냥은 별로였다.

"그래, 그러면 팀을 한번 짜봐."

"하하, 내가 최고의 팀을 만들어볼게."

오열은 그와 이야기를 좀 더 하다가 방으로 돌아왔다.

남들 눈에는 한가하게 산책이나 하는 것처럼 보이겠지만 오열은 이곳에서도 마나 수련을 하루도 빼먹지 않고 하고 있었다.

일주일만 더 훈련하면 합숙 생활이 끝난다. 추가적인 수업은 언제든지 가능하지만 이렇게 장기적인 수업은 이제 없을 것이다.

저녁을 먹고 방으로 들어와 마나 수련을 하려고 하는데 노크 소리가 들려왔다.

'누구지?'

오열이 문을 열자 장준식가 함께 남자 두 명과 여자 한 명이 서 있다.

"이야기 좀 할 수 있어?"

웃으며 말하는 그의 얼굴을 보니 바쁘다고 말할 수가 없었다. 게다가 동행한 사람들도 문제였다. 일부러 왔는데 거절하는 것은 예의가 아니었다.

"들어와."

"워, 남자 방치고는 깨끗한데?"

오열은 피식 웃었다.

깨끗할 수밖에 없다. 잠자는 것 외에는 마나 수련만 했으니.

"아까 말한 이참에 레이드 팀을 만들어보려고. 할 일도 없는데 이런 거라도 해야지. 하하!"

오열은 눈을 돌렸다.

여자는 오열을 좋아하는 나장미 힐러였고, 남자는 민충식과 이한수였다. 둘 다 데미지딜러였다.

"반가워."

"그래, 반갑다."

"반가워요."

"사람 보충하는 거야 어렵지 않고, 규정을 따로 정해야 하는데 일단 배분 문제부터 정하자고. 내 개인적인 생각인데 우리는 차별하지 말고 공평하게 나누도록 하지."

"좋아요."

나장미 힐러가 찬성하자 나머지는 모두 동의했다.

배정을 가장 많이 받는 힐러와 탱커가 공평하게 나누자고 하는데 반대할 이유가 없었다.

저녁 늦게까지 규칙을 정하고 각자의 방으로 흩어졌다.

다음 날부터 장준식이 실력 있고 성격이 괜찮은 사람들로 팀을 만들기 시작했다. 만든 사람이 장준식이다 보니 리더는 자연히 그가 되었다.

마지막 날 아침 수업을 마치고 레이드 팀이 모였다. 힐러세 명에 탱커 세 명, 나머지는 모두 딜러였다. 전체 수는 21명이었다.

"이렇게 많아?"

"하하, 절대 많지 않아. 그리고 숫자가 좀 많아도 괜찮아. 일부는 쉬면서 체력 회복을 하고 나머지는 사냥을 하면 되니까."

마지막 날에 모여 서로 인사를 나눴다. 만약을 위해 규칙을 엄하게 적용하기로 하고 헤어졌다. 첫 사냥은 3일 후에 하기로 했다.

"오열, 같이 가자."

"넌 왜 나한테 이렇게 잘해주는 거야?"

"잘생겼잖아. 너와 붙어 있으면 그나마 여자 얼굴이라도 볼 수 있잖아."

"정말이야?"

"정말일 리가 있겠어? 왠지 네가 강해 보여서 잘 보이려고 하는 거야."

"흠, 그건 맞네. 내가 좀 강하기는 하지. 그런데 너 길드 소속 아니었어?"

"이곳에 있는 사람 중에 길드에 속한 사람은 아마도 하나도 없을걸. 길드원이 뭐가 아쉽다고 여기에 와. 여기에 온 사람들은 실력은 있지만 혼자 노는 사람이 대부분이야. 그래서 좀 가난한 부류들이지."

"힐러들도 혼자 놀아?"

"물론 힐러는 아니지. 하지만 그들도 뭔가 숨겨진 이야기가 있을 거야. 쉽게 말하려고 하지는 않겠지만. 나도 쉽게 이야기 못하니 묻지 말라고."

오열은 그의 말을 듣고 고개를 끄덕였다.

장준식은 자신의 차로 오열을 데려다 주고 갔다. 오열은 PMC가 마련해 준 안가에 계속 있었다.

오열은 3일 동안 아바타에 접속했다.

미리 아만다에게 이야기를 했지만 오랜만에 접속한지라 반가웠다.

아만다는 오열을 자주 못 보는 것이 불만이었다.

그녀는 지구라는 행성으로 갈 수 있는 방법이 있다는 것을 알고서는 더욱 가고 싶은 마음이 들었다.

*   *   *

처음으로 수색 쪽 던전에서 사냥을 하기 위해 모였다.

모두들 경험이 많아 팀을 짜서 역할을 분담하는 것은 쉬웠다.

아침부터 모였기에 몇몇은 아침밥을 먹지 못하고 왔는지 장준식이 나눠주는 햄버거를 먹으며 오늘 일정을 세웠다.

수색 제5던전은 사람들이 별로 없었다.

있어도 입구 근처에서 사냥하는 사람이 대부분이었다. 갑자기 20여 명의 사냥꾼이 나타나자 던전 안이 시끄러워졌다.

"첫 번째 몬스터는 짝뚱—오우거로 알려진 마리터스라는 몬스터야. 굉장한 힘을 가지고 있고 순발력이 좋아 다칠 수가 있으니 모두들 조심하라고."

오열은 마리터스를 보고 왜 몬스터의 별명이 짝퉁—오우거인지 깨달았다.

외모가 오우거와 매우 유사했다.

"조심해. 근력이 뛰어나 한 대 맞으면 위험해. 인식 범위가 넓으니 조심들 해야 한다."

장준식의 말에 사람들이 알아들었다는 표시를 했다.

그가 뛰어나가 짝퉁 오우거인 마리터스를 유인해 왔다.

"와, 이 새끼 엄청 빠르네. 탱킹하기가 쉽지 않을 것 같은데? 흐흐, 리더가 고생하겠군."

"정말 빠르긴 하네."

몬스터 마리터스가 달려드는 속도는 굉장히 빨랐다.

검은 물체가 휙하고 지나간 것 같은데 어느새 장준식에게 거대한 주먹을 내지르고 있었다.

납작한 얼굴, 붉은 두 눈에서 뿜어져 나오는 흉흉한 살기는 가만히 있어도 피부를 찌릿찌릿하게 만들었다.

오열은 감탄하며 장준식을 바라보았다.

그는 그 빠른 몬스터의 공격을 모두 막아내고 있었다. 오열은 그 모습을 보며 제대로 된 파티 사냥에 들게 된 것이 마음에 들었다.

"어그로가 잡힌 것 같아. 모두 일제히 공격을 퍼부으라고."

몬스터가 일방적으로 장준식을 바라보자 어그로가 제대로 먹힌 것으로 생각하고 일제히 공격하기 시작했다.

레이드를 위해 마련된 파티라 그런지 파티원의 실력이 굉장히 좋았다.

특히나 데미지가 잘 먹혀 짝퉁—오우거인 마리터스가 녹아내렸다.

원래 몬스터 사냥의 원리가 다굴이다.

힐러의 도움으로 탱커가 버티면 그사이 파티원이 몬스터를 상대하는 식이다.

체력이 많이 깎인 마리터스의 몸이 붉게 변하기 시작했다.

오열은 딜하지 않고 옆에서 지켜보고 있었다.

힐러 세 명 중 두 명이 사냥에 참가하고 있었고, 한 명은 쉬고 있었다.

"조심해!"

오열이 외치자 그제야 몬스터의 변화를 눈치챈 파티원이 후다닥 몸을 피하기 시작했다.

마리터스의 몸 주위로 붉은 오로라가 생기기 시작하더니 한순간에 몸이 붉게 변했다.

"젠장, 버서커야."

"광폭화 몬스터야. 빌어먹을!"

몬스터 가운데 아주 소수가 이런 버서커에 걸리는 경우가 있다.

버서커에 걸린 몬스터는 체력이 다 없어질 때까지 광란의 상태에 걸려 눈에 보이는 무엇이든 부수어 버린다.

또한 탱커의 어그로가 전혀 먹히지 않아 피해가 속출하게 된다.

몬스터는 고통을 느끼지 못하니 그 순간은 거의 무적의 상태가 되어버린다.

펑!

마리터스의 눈이 핏빛으로 변하기 시작했다. 그리고 몸도 은은한 붉은색으로 뒤바뀌어 있어 그 모습이 대단히 살벌했다.

"크앙!"

몬스터가 돌진했다.

닥치는 대로 주먹을 휘두르는데 너무나 빨라 딜러들이 미처 방어를 할 수 없었다.

"크악!"

"컥!"

공격을 하던 파티원이 마리터스의 주먹에 맞아 나가떨어졌다. 그러자 힐러들이 갑자기 바빠졌다.

오열을 훔쳐보기 바쁘던 이나연도 힐을 하기 시작했다. 오열은 검을 빼어 들었다. 에너지소드에 메탈에너지가 들어가자 일순 검이 붉게 변한다.

낭창낭창한 붉은 검기가 바람에 넘실거리자 주위에서 오열을 보며 놀란다.

이미 대부분 파티원은 마리터스의 공격권을 벗어난 상태였다.

마리터스에게 맞아 바닥에 쓰러진 파티원도 힐러의 도움으로 무사히 공격권에서 벗어났다.

주위에서 세 명만이 남아 몬스터의 공격을 피하고 있었다.

"피해!"

오열이 소리를 치고 마리터스에게 달려들었다. 버서커에 빠졌던 마리터스가 오열을 보고 달려들었다.

퍽!

오열은 마리터스의 주먹을 맞았지만 맞는 순간 내력을 돌려 가슴과 다리로 보냈다.

다리가 바위처럼 단단하게 변해 조금도 뒤로 밀리지 않았다. 가슴이 약간 흔들렸지만 아다티움아머가 충격을 모두 흡수했다.

오열은 가장 먼저 에너지소드로 마리터스의 관절을 공격했다.

관절의 뼈가 검기 다발에 부서지자 마리터스의 공격이 순간 멈칫했다.

공격을 하던 마리터스가 몸의 중심이 흐트러지면서 관성의 법칙을 이기지 못하고 앞으로 쏠렸다.

오열은 등 뒤로 따스하면서도 상쾌한 힐이 들어온 것을 느꼈다. 순간적으로 가슴이 시원해졌다.

오열은 뒤로 물러나며 다른 무릎의 관절도 잘라 버렸다.

광기에 물든 버서커도 고통을 느끼지 못하는 것이지 관절의 힘줄과 뼈가 부서졌는데 움직일 수 있는 것은 아니었다.

마리터스의 몸이 다시 붉게 물들기 시작하자 부서졌던 관절이 복구되기 시작했다.

오열은 그 모습을 보며 놀라 입을 벌렸다. 마치 트롤을 보는 것 같았다.

트롤은 오우거보다 약한 몬스터지만 오열은 오히려 오우거를 상대하는 것이 쉬웠다.

이 무지막지한 재생력이라니.

오열은 자신의 내력이 증가했음에도 불구하고 마리터스의 관절을 단 한 번에 잘라내지 못한 것에 충격을 받았다.

30m의 거대한 칼리쿨도 상대한 자신이 아닌가. 오열은 피식 웃고 부스터를 켰다. 몸이 가벼워지며 온몸에 힘이 넘치기 시작했다.

마리터스는 굉장히 빠른 몬스터였다.

이런 몬스터를 상대하기 위해서는 메탈사이퍼도 빨라져야 한다.

오열은 사실 마리터스 정도의 몬스터는 일대일로 맞장을 떠도 금방 이긴다. 그에게는 아다티움아머가 있기 때문이다.

붉은 검기가 허공을 비상하며 철저하게 마리터스의 등 뒤를 공격하기 시작했다.

파티원은 놀라 눈을 동그랗게 떴다.

건방진 놈이라고 생각했던 오열이 무서운 속도로 몬스터의 뒤를 난자하고 있는 것이다.

가끔 마리터스의 공격이 그의 몸을 스치기는 했어도 단 한 대도 맞지 않았다.

"굉장한데?"

"잘생긴 놈이 강하기까지 하다니, 젠장."

"이제는 여자들이 저 녀석만 바라보겠네. 지금도 저 봐. 여자들의 눈에서 하트가 마구 쏟아져 나오잖아."

이한수의 말에 민충식이 여자들을 보았다. 그리고는 신음하듯 불평을 터뜨렸다.

"젠장!"

여자들의 눈은 흠모의 빛을 넘어 경외의 빛이었다. 잘생긴 놈이 멋진 행동은 혼자 다 하고 있으니 민충식은 배가 아팠다.

오열은 마리터스를 공격하려는데 뭔가 이상했다. 일순간 동작을 딱 멈추더니 서서히 몸이 바닥으로 쓰러졌다.

'뭐지?'

몬스터의 몸에서 생기가 모두 빠져나가 이미 숨을 거둔 뒤였다.

오열은 쓰러진 3미터 크기의 마리터스를 보며 어리둥절했다. 그리고 곧 깨달았다.

광폭화의 후유증이라고. 그것 때문에 죽은 것이다.

오열의 공격 때문에 출혈이 계속되고 있었지만 마리터스가 죽은 것은 생명의 심지가 타오르다가 꺼진 것이 원인이었다.

'가만히 놔두었다고 해도 죽었을 것이야.'

오열은 생기가 빠진 몬스터를 보았다. 가죽은 푸석푸석해져 한눈에 봐도 가죽으로서의 효용 가치가 없어 보였다.

'뭐야?'

파티원이 가까이 다가와 이 이상한 몬스터가 죽은 것을 바라보고 있다.

그때였다.

박수 소리와 함께 한쪽에서 사냥을 하던 다른 길드 소속의 파티원이 다가와서 말했다.

"굉장하군요. 첫 상대가 하필이면 광폭의 마리터스였다니. 그러나 빨리 마정석을 채취하지 않으면 돌이 될 것입니다."

"네?"

"저놈은 광폭화가 시작되면 급속도로 생기가 빠져나갑니다. 5분 이내에 분해하지 않으면 몽땅 돌이 되어버립니다."

"헐~"

"대박이다!"

"안 돼!"

모두 한순간 소리를 지르는 사이에 오열이 번개처럼 움직여 마리터스의 심장에 도축용 칼을 쑤셔 넣고 딱 10초도 안되어서 마정석을 빼냈다.

그 놀라운 순발력에 모두 어이가 없어 벙벙해졌다. 여자들도 그 순간은 좀 깼다는 표정이었다.

오열의 손에는 큼직한 청록색에 가까운 녹색의 마정석이 자체 발광하고 있었다. 오열은 일단 그것을 주머니에 집어넣었다.

"야, 그거는 탱커에게 줘야지. 아무리 네가 잡는 데 가장 많이 공헌을 했어도 공평하게 나눈다는 말을 못 들었어?"

오열은 민충식의 말에 순순히 주머니에서 마정석을 꺼내 탱커인 장준식에게 건네주었다.

"어, 아, 고마워!"

장준식은 오열이 건넨 마정석을 일단 가방에 넣었다.

원래 파티 사냥 시 부산물은 한 명이 모두 가지고 있다가 사냥이 끝나면 일괄 처분하는 것이 관례였다.

오열도 파티 사냥을 해본 바가 있어 순순히 그 룰에 따른 것이다.

"하하, 그나저나 굉장하네요. 우리 인사나 하죠. 우리는 메리앙 길드 소속의 파티원이고, 나는 이율이라고 합니다."

이율의 소개에 장준식이 나서서 인사를 주고받았다. 파티 사냥 시에 한 사람 한 사람 모두 소개할 수는 없기에 대표로 몇 사람만 인사를 하였다.

"마리터스가 광폭화될 때는 모두 공격권을 재빨리 벗어나면 됩니다. 그러면 저절로 알아서 죽지요. 그렇지 않고 타깃팅이 되었다 하면 한 명만 죽으라고 도망 다니면 상대적으로 쉽습니다. 간간이 힐러들이 힐을 하면 되고요."

"아, 그런 방법이 있었군요."

메리앙 길드의 이율이 사람 좋은 미소를 지으며 이야기했다. 눈썹이 진한 일자로 강인한 인상을 주는 남자였다. 키도 크고 가슴이 떡 벌어져 몸이 굉장히 좋아 보였다.

첫 사냥의 몬스터가 너무 드센 놈을 만나서인지 사냥은 잠시 쉬기로 했다.

메리앙 길드에 속한 파티원도 사냥을 쉬며 함께 어울렸다. 같은 몬스터를 사냥하기에 어차피 곧 알게 될 내용을 미리 알려줌으로써 친목을 다지는 것이다.

이렇게 하면 서로 위급할 때 도움을 주고받는 협력관계가 형성된다.

"이곳에는 대체로 다섯 팀이 사냥을 고정적으로 하고 있었고, 최근에는 가디언스 길드가 와서 사냥을 하고 있습니다. 조만간 가디언스가 이곳을 통제하기 시작할 텐데 몬스터가 까다로워서 한동안은 별일 없을 것입니다."

"하긴요."

던전의 몬스터가 일반적으로 강하긴 해도 이곳의 몬스터들은 너무 강했다. 한동안 어지간한 길드는 이곳으로 진출하지도 못할 것이다.

"이곳의 마정석은 굉장히 비싸게 팔립니다. 카오스에너지가 고밀도거든요. 녹템과 파템의 중간이라고 보면 됩니다."

"그러면 가격이 꽤 나오겠는데요."

"현재 세율이 38%이니 세금을 제하고 30억에서 40억 정도 나온다고 보면 그다지 나쁘지 않습니다. 이 던전의 몬스터가 위험도가 높긴 하지만 해당 몬스터의 특성만 파악해 놓으면 할 만합니다."

"그렇겠네요. 아까 그 마리터스도 광폭화가 된다는 것만 미리 알았다면 조금 덜 위험했을 텐데요."

"이곳에 출몰하는 몬스터가 많지 않아 하루에 사냥할 수 있는 몬스터 수는 많지 않습니다."

"입구 말고 안으로 좀 들어가 보셨습니까?"

"하하, 물론이죠. 하지만 이곳이 사냥하기가 아직까지는 낮습니다. 안쪽은 몬스터가 바글바글해서 그냥 나왔습니다. 몬스터의 인식 범위가 조금만 넓어도 파티가 전멸하는 것은 불을 보듯 뻔한 일이니까요."

오열은 이들이 말하는 것을 주의 깊게 들었다.

가상현실 게임을 보면 아무리 던전의 난이도가 높아도 결국은 유저에 의해 정복당한다.

다만 이곳은 현실이다 보니 그 속도가 느릴 뿐이었다.

이곳으로 진출하지 않는 길드들도 조만간 장비를 교체하고 올 것이다.

몬스터가 강하면 그만큼 마정석에 담긴 카오스에너지도 많아 비싸게 팔린다.

'흠, 몬스터에 비해 마정석의 가격이 높게 나오는군.'

오열에게 있어 마리터스는 쉬운 몬스터는 아니지만 그렇다고 힘든 몬스터도 아니었다.

말 그대로 짝퉁─오우거에 지나지 않았다. 오우거가 가지고 있는 광포함이나 위험함은 비슷하지만 힘의 질량 차이가 있다.

그래도 짝퉁치고는 굉장히 강했다. 지구에 나타난 오우거는 거의 A급 몬스터에 속했다.

"이곳에서 사냥하면 돈을 좀 벌겠는데요?"

"그렇지 않아요. 이곳도 곧 사람들로 바글바글하게 되겠죠. 그렇게 되면 또 장비를 업그레이드해서 안쪽으로 진출해야 합니다."

이율의 말에 사람들이 고개를 끄덕였다.

마침 점심을 먹을 때가 되어 안전지대로 물러나서 식사를 했다.

몇몇 여자가 가방에서 도시락을 꺼내 파티원에게 나눠 주었다.

역시나 파티 사냥에서는 호텔 도시락이 제공되었다

한 끼에 수십만 원 하는 도시락을 먹으며 오열은 파티에 잘 참여했다고 생각했다. 일단 점심 준비를 따로 하지 않아도 되니 말이다.

근사한 식사를 하는 것은 기분 좋은 일이다.

게다가 식후에 커피까지 나오니 더 말할 나위 없이 좋았다.

메리앙 길드원들이 사냥을 하러 원래 자신들의 자리로 돌아갔다.

"이곳에서 얼마나 사냥을 할 수 있을까?"

"오래는 못하겠지. 물론 끝까지 우기면 할 수야 있겠지만 그렇게 되면 다른 길드원들과 마찰이 생길 거야. 사실 우리는 장비가 좋은 편은 아니지. 가능한 한 매일 사냥을 통해 장비를 업그레이드하자고."

장준식의 말에 참가자 모두가 고개를 끄덕였다.

오늘 사냥에서 고전한 이유 중의 하나가 장비에 있었다. 탱커 장준식을 제외하고는 대부분의 딜러들은 중급 이하의 장비였다.

"그러고 보니 오열 씨는 장비가 죽이던데?"

오열은 민충식의 말에 피식 웃었다. 그의 말대로 장비 하나는 죽여준다.

오열은 칼리쿨의 가죽을 모두 보관하고 있었는데 원래 칼리쿨의 가죽 자체가 다른 몬스터보다 훨씬 더 얇았다.

거기에 연금술로 더욱 가죽을 얇게 해서 아다티움아머 위에 덧씌웠다.

몬스터의 가죽으로 만든 부분은 충격 완화만을 해주므로 실제적으로 HP를 측정할 수는 없다.

은회색의 그의 메탈아머는 이제 푸른 물결 모양의 아머로 바뀌었다.

이전의 모습보다 더 멋있다고는 말할 수 없지만 칼리쿨의 갑옷으로 덧씌운 메탈아머는 굉장히 고급스럽게 보였다.

오열은 사냥에 적극 나서지 않고 파티원이 사냥하는 것을 구경하곤 했다.

몇몇 남자가 그런 그를 못마땅하게 여기는 듯했지만 오열은 별로 신경 쓰지 않았다.

두 번째의 마리터스를 사냥하고 난 뒤 오열이 나서서 도축을 했다.

이미 아침에 오열이 마정석을 채취하는 그 기막힌 재주를 본 바가 있기에 사람들은 두말하지 않고 물러났다.

오열은 몬스터의 가죽과 뼈를 분리하고 마정석과 함께 탱커 장준석에게 모두 넘기자 그가 곤란한 표정을 지었다. 몬스터의 부산물이 돈이 되기는 하지만 그것을 공평하게 나누지는 않았다.

"왜?"

"그게 말이야, 우리는 거대 길드가 아니라 몬스터 부산물을 처리하기가 곤란해."

"그건 또 왜?"

오열이 이상하다는 듯이 고개를 갸웃거렸다.

오열이 이전에 참여했던 파티는 철저하게 몬스터의 부산물도 공평하게 나눴다.

이전의 파티는 가난하여 무엇이든 가지고 갔다. 하지만 거대 길드는 도축업자나 연금술사가 파티에 참여하는 경우가 극히 드물어 이런 경우가 별로 없었다.

길드 내에서 운영하는 회사가 있는 경우는 재빠르게 몬스터를 얼려 공장으로 직접 이송하고 돈은 나중에 받는 형식을 취한다.

이는 몬스터를 다룰 수 있는 메탈드워프가 적기 때문에 어쩔 수 없는 일이었다.

"그건 맞아요. 난 몬스터의 뼈 따위는 원하지 않아요."

여자 힐러 중에서 한 명이 말했다.

몬스터의 부산물이 돈이 되기는 하지만 큰돈이 되는 것은 아니었다. 사실 부산물은 처리하기가 쉽지 않아 가치에 비해 가격이 싸게 거래되고 있었다.

"흠, 그럼 내가 가지지, 뭐."

오열은 말없이 몬스터의 부산물을 자신의 가방에 챙겼다. 그리고 느긋한 어조로 파티원을 바라보았다.

"그렇다고 걱정하지는 마. 시세의 절반 가격으로 내가 사줄 테니까."

"저는 좋아요."

오열이 말을 마치자 이나연이 재빨리 대답했다. 몇몇 여자가 대답하자 남자들도 마지못해 승낙했다.

그래도 도축을 해서 약간의 돈이라도 생긴다고 하니 나쁘지는 않았다.

사냥을 한 첫날 세 마리의 몬스터를 사냥하였다. 다소 사냥이 느슨했지만 수입은 짭짤했다. 그래서인지 파티원의 표정이 밝았다.

오열이 파티원에게 돈을 지불하겠다고 말한 이유는 한두 번이라면 몰라도 모든 몬스터의 부산물을 오열이 가져가면 불만을 가질 사람들이 반드시 생길 것이기 때문이었다.

사냥을 마치고 나오는데 가디언스 길드가 사냥을 마치고 쉬는 것이 보였다.

장준식이 그들에게 다가가 말을 걸었다. 얼마 후 담당자가 나오며 웃으며 인사를 했다.

"세 개군요. 카오스에너지를 측정하겠습니다."

가디언스 길드의 마스터 김인옥이 운영하는 대성실업의 직원이 나와 마정석의 가격을 매겼다.

어디다가 매각해도 가격은 별 차이가 없었다. 정부에서 정한 표준측정치에 의해 가격이 정해지기 때문이다.

이런 가격은 3개월 단위로 가격이 형성되는데 요 근래에는 변동이 거의 없었다.

거래가 완료되면 3일 후에 각자의 통장으로 해당 회사가 직접 돈을 넣어준다.

"혹시 몬스터의 부산물도 구입하십니까?"

장준식이 묻자 대성실업의 직원이 대답한다.

"물론이죠."

오열은 내공의 힘으로 장준식이 하는 이야기를 들었다. 그는 뚜벅뚜벅 걸어가서 한마디 했다.

"안 팔아!"

오열의 말에 장준식이 움찔했다.

그는 왠지 오열이 어려웠다. 상당히 과묵한 편인 오열은 필요한 말만 하고 자기 마음대로이지만 장준식은 그가 굉장히 강하다는 것을 피부로 느끼고 있었다.

그의 예감대로 오늘 마리터스가 광폭화될 때 엄청난 실력을 보여줬다.

이후로 두 번의 몬스터 사냥에서는 모두 빠졌지만 불만을 표하는 파티원은 없었다. 그만큼 그의 실력을 인정한다는 무언의 동의였다.

오열은 사냥을 하면서 에너지소드가 무적이 아님을 다시한 번 확인했다.

몬스터의 생체 에너지가 에너지소드의 데미지를 차단하고 있었다.

에너지소드가 쇠나 바위도 두부처럼 가르는 것을 감안했을 때 얼마나 몬스터가 강한지 짐작할 수 있었다.

'내공의 효율적인 사용이 필요해. 무조건 내력이 강한 것이 다가 아니야. 문제는 얼마나 능숙하게 다루느냐는 것이지.'

요즘 마나를 다루는 것이 예전보다 많이 능숙해졌다.

그래서 오열은 내공을 능숙하게 자유자재로 다룰 수 있는 것이 얼마나 중요한지 깨닫게 된 것이다. 눈에는 확연히 차이가 나타나지 않지만 가능성을 본 것이다.

오열이 먼저 집으로 가자 남은 파티원이 오열을 보며 한마디씩 했다.

"이오열이 쩐다, 쩔어!"

"재수없는 놈이긴 한데 실력은 확실히 있더라. 와, 에너지파가 5m나 되던걸."

"솔직히 마리터스와 일대일을 해도 이길 것 같더라."

특히나 여자들이 오열을 보며 몽롱한 눈빛을 보냈다.

오열은 집에 돌아오자마자 어떻게 하면 내력을 효율적으로 사용할 수 있는지 연구하기 시작했다.

누구보다 강력한 장비를 가지고도 몬스터와 붙었을 때 한 방에 보내지 못하는 것이 아쉬웠다. 물론 연금술을 사용하면 아주 쉽게 몬스터를 잡을 수는 있었다.

'내가 가진 것은 일반적인 기가 아니라 마나다. 마나는 의지를 가지고 있으며 마법사의 의지에 공명한다. 그러므로 마나와 일체감을 느끼도록 하면 도움이 되지 않을까?'

문제는 어떻게 마나와 공명하며 일체감을 느끼는지를 모른다는 점이다.

'혼자 방법을 찾는 것보다 영감탱이에게 물어봐야지. 그래도 그는 2서클의 마법사가 아닌가!

오열은 내일도 몬스터 사냥이 잡혀 있어서 시간적 여유가 별로 없었다.

물론 자신이 없어도 파티원은 사냥을 하는 데 어려움은 없을 것이다.

하지만 지금은 파티원 간에 손발을 맞춰야 하는 시점이라 조금 더 같이할 필요가 있었다.

게다가 거대 길드까지는 아니어도 이렇게 많은 사람과 한꺼번에 사냥하는 것도 나쁘지 않았다.

오늘 하루 동안에 번 돈이 무려 5억이나 되었다. 돈을 공평하게 나눈다고 해서 적극적으로 사냥을 하지 않았음에도 불구하고 이런 큰돈이 들어온 것이다.

괜찮은 방어구 하나에 100억 이상 하니 아직은 더 많은 돈을 벌어들여야 한다.

이렇게 많은 수입이 있음에도 몬스터 사냥꾼이 내는 세율이 38%밖에 되지 않는 이유는 일종의 특혜였다.

현재 세법은 고소득자의 최고 세율은 43%나 한다. 처음에는 정부가 43%의 세율을 매기자 메탈사이퍼들의 반발이 아주 심했다.

심지어 메탈사이퍼들이 모여 파업을 하기도 했다.

많이 벌지만 목숨을 담보로 하는 소득이며 장비가 지나치게 비싸 버는 돈의 반 이상이 그리로 들어간다는 업계의 말을 듣고 정부는 38%로 세율을 내렸다.

오열은 아바타에 접속해 브로도스에게 달려갔다.

브로도스는 그동안 오열이 잡아다 준 몬스터로 실험을 하고 있었다.

"브로도스!"

"이놈아, 내가 네 친구냐?"

"아이, 우리 사이에 호칭 가지고 그러세요. 할아버지는 싫다면서요."

"끙! 그래, 뭐냐?"

"마법도 하시죠?"

"왜, 마법마저 배우려고?"

"하하, 아뇨. 제가 마법까지 배우면 천하무적이 되겠죠."

"그러니까 더욱 배워야지."

"어, 그러고 보니 그러네요. 아참, 그런데요, 마법사는 어떻게 마나와 공명하나요?"

"알고 싶더냐?"

"네, 알고 있어요?"

"궁금하면 몬스터 다섯 마리."

"뭔 실험 재료가 그렇게 들어요?"

"천재적인 발명품 뒤에는 다 이런 단계를 거치는 법이란다, 애송아."

오열은 브로도스에게 자신이 궁금해하는 것을 물어보았다.

마나의 효율적인 통제가 가능한지, 마나와 공명하면 과연 마나를 마음대로 움직일 수 있는지 그것이 알고 싶었다.

브로도스는 오랜만에 처음 보는 심각한 얼굴로 마나에 대해 설명하기 시작했다.

"그러니까 마나를 느끼고 훈련해야 한다고요?"

"그렇지."

"닥치고 훈련이요?"

"그래서 마법사가 힘든 거다. 마나를 느끼지 못하는 자는 결코 마법사가 될 수 없지. 마법은 마법사가 주문을 통해 마나를 인위적으로 배열해서 발현하는 것이지. 마법 언어에는 마나를 움직이는 힘이 있거든."

"마나를 움직이는 힘이라……."

오열이 잠시 생각에 잠기자 괴팍한 브로도스가 끙 소리를 내며 다시 실험을 하기 시작했다.

오열은 그 자리에서 마나에 대해 생각했다.

'마나를 느낀다?'

오열은 자신이 마나를 느끼고 있다고 생각했다. 그렇다는 것은 자신도 마법사가 될 자격이 있다는 것이다.

사실 마법을 배울 이유는 별로 없었다. 마법사가 할 수 있는 일은 과학이나 연금술로 대체가 가능하다. 그런데 마법을 배운다?

애초부터 마법은 배울 필요성을 전혀 느끼지 못했는데 갑자기 흥미가 생겼다.

'그런데 마나를 느끼는 것이 무엇을 의미할까?'

오열은 계속 생각했다. 그리고 마나가 마법사의 의지에 공명한다는 것에 착안점을 발견했다. 공명은 일체감과 비슷한 것이다.

'마나여, 내게로 와라.'

오열은 손을 내밀었다.

마나가 꿈쩍도 하지 않고 그대로 있다.

오열은 왜 마나를 느끼고 있음에도 자신의 의지에 공명하지 않는지 의아했다.

의아해하는 그에게 브로도스가 다가와 한마디 했다.

"그게 공짜로 되겠더냐?"

"그게 무슨 말이에요?"

"뭐든지 시간과 노력을 투자해야지. 애인을 대하듯 시간을 투자하지 않으면 마나의 마음을 얻기 힘들 거다."

"마나의 마음이라고요?"

"사물은 모두 생명력을 가지고 있다. 식물도 그 특유의 생명의 기운이 있지. 동물은 더 말할 나위 없고. 마나도 생명력을 가지고 있으니까."

"마나가 생명력을 가졌다고요?"

"그렇지. 마나는 생명체는 아니지만 모든 생명체에게 이 마나의 기운이 어리지 않은 것이 없다. 마나는 생명의 본질 같은 것이지."

오열은 브로도스의 말에 뒤통수를 강하게 한 대 맞은 느낌이었다.

생명체는 아니지만 모든 생명체에 있는 생명력이 마나라는 것이다.

이 행성에는 마나, 그리고 지구에서는 기다. 그런데 기가 약한 사람은 있지만 없는 사람은 없다. 살아 숨 쉰다면 반드시 기가 있다.

'그렇다면 메탈에너지도 마나, 또는 기의 일종인가?'

그제야 오열은 왜 자신의 내공과 메탈에너지가 결합이 된 것인지 알게 되었다.

둘은 다른 성격의 하나였다. 원래부터 하나였으니 결합하는 것이 당연했다.

'그렇다면 나는 메탈사이퍼로서의 능력은 레벨 9단계. 쉽게 말하면 100 중에 90의 기, 또는 마나. 다른 말로 메탈에너지를 가졌다는 말이다. 그럼 이게 뭐지?'

오열은 아무리 생각해도 알 수 없었다. 그는 처음 자신이 능력자 각성 테스트에서 레벨 9를 받았다고 좋아했다가 망한 것이 기억났다.

이게 모르는 사람이 들으면 그냥 잠재능력에 불과하다고 생각할지 모르지만 오열이 듣기에는 전혀 다른 소리였다.

한마디로 자신은 90의 힘을 사용할 수 있는데 연금술사로 각성하여 전투력이 떨어진 것이다.

하지만 마나를 다룰 수 있게 되면 다시 90의 힘을 사용할 수 있다는 말과 같았다.

오열은 이런 생각을 하게 되자 몸이 떨려왔다. 그제야 아바타로 경험한 것이 왜 그렇게 본체에도 잘 적용이 되었는지도 이해가 되었다.

'하자! 마나 연공법은 이미 하고 있으니 마나를 제대로 다룰 수만 있다면 나는 더욱 뛰어난 메탈사이퍼가 될 수 있어.'

오열은 너무 좋아 혼자 키득거리며 웃었다.

"달링, 여기서 뭐하고 있어요?"

"응?"

오열이 고개를 들자 아만다가 자신을 바라보고 있는 것이 아닌가? 그리고 브로도스는 보이지 않았다.

늦은 저녁이라 자러 가면서 아만다에게 말한 것 같았다.

오열은 아만다가 팔짱을 끼고 자신을 노려보자 왠지 몸이 으슬으슬해졌다.

요즘 들어 아만다가 자기에게 불만이 많다는 것을 알고 있는 오열로서는 아만다의 이런 태도가 부담스러울 수밖에 없다.

"아하하, 내가 할아버지에게 뭐 여쭤볼 게 있어서 말이지."

"그게 나를 보는 것보다 더 중요했나 봐요?"

"그럴 리가 없잖아. 하하! 그것은 너무나 당연한 말이지."

오열은 요즘 아만다가 지구에 오고 싶다고 하도 노래를 부르고 있기에 부담스러웠다.

그렇다고 그것을 겉으로 표현할 수는 없었다.

물론 그도 아만다와 같이 살고 싶었다. 아만다가 해주는 식사와 따뜻한 미소가 아침마다 그리웠다. 하지만 방법이 없지 않는가.

"하하, 아만다, 우리 올라가자. 나 내일 바쁘거든."

오열의 말에 아만다의 눈이 샐쭉하게 변했다.

오열은 어떻게 된 것이 요즘은 아만다 앞에만 가면 작아졌다. 오열의 눈이 아만다의 나이스한 바디로 향했다. 정말 비너스처럼 예술 그 자체다.

"우리 좋은 시간 보내야지."

"흥!"

화를 내고 가는 아만다의 뒤를 쫄랑쫄랑 따라가면서 오열은 오늘은 뜨거운 밤을 보내고야 말겠다고 결심했다.

오열은 '홍, 홍!' 하며 눈도 안 마주치려는 아만다에게 다가가 백허그를 했다.

"이거 못 놔요?"

"응. 죽어도 못 놔!"

"그럼 죽어요."

"그게… 아만다, 당신의 품에서 죽고 싶어. 우리 침대로 가자."

"홍!"

오열은 아만다의 뒷목에 키스를 퍼부었다. 거친 숨결이 아만다의 귀로 들어가자 움찔 떤다. 오열은 더욱 부드럽게 아만다를 만졌다.

움찔움찔.

오열은 아만다가 삐친 것이지 자신에게 진짜 화가 난 것이 아님을 깨달았다.

화가 났다면 여자들은 이렇게 포용을 하도록 내버려 두지 않는다.

"사랑해."

오열이 귀에 속삭이자 아만다의 얼굴이 붉어졌다. 밀당을 하려고 해도 몸을 섞은 사이이고 자신이 더 상대에게 연연해하니 그게 잘될 리가 없었다.

아만다는 나직하게 한숨을 내쉬었다. 그녀의 귀여운 애인은 특히 섹스에 재능이 뛰어났다.

갑자기 가슴이 두근거리고 아랫배 아래가 뜨거워지면서 몸도 마음도 벌렁거린다.

"아~"

아만다가 나직한 한숨을 내쉬었다. 오열은 그 작은 신음 소리를 출발 신호로 받아들여 더욱 그녀의 성감대를 공략했다.

이미 마음의 빗장이 풀려 막으려고 해도 막을 수가 없다. 아니, 애초부터 마음이 닫히지도 않았다.

그녀는 다만 자신에게 더 관심을 쏟지 않는 연인에게 삐쳐 있었을 뿐이다.

둘의 몸은 서서히 침실로 움직였다. 오열이 움직이자 아만다의 몸이 절로 딸려왔다. 여전히 오열이 아만다의 뒤에서 그녀를 꽉 잡고 놓아주지 않았던 것이다.

'이 남자는 특별해.'

아만다는 오열의 품에 안겨 생각했다.

처음 보았을 때부터 그녀는 오열이 좋았다. 그것은 알 수 없는 끌림이었다.

왠지 저 남자와 함께 있으면 행복해질 것 같은 느낌.

그래서 그와 함께하지 못하는 시간이 많아질수록 마음이 초조해졌다.

그와 하루 종일 같이 있고 싶고, 가짜가 아닌 그의 진짜 모습을 보고 싶었다. 그리고 그를 닮은 아이도 낳고 싶었다.

"이대로 영원히 있고 싶어요."

오열은 아만다의 말에 고개를 끄덕이며 살짝 그녀의 이마에 키스를 했다.

아만다가 그의 품속으로 파고들었다. 그리고 조용하게 중얼거렸다.

"나 당신이 있는 나라로 가고 싶어. 정말로요."

오열은 아만다를 안고 나직하게 한숨을 내쉬었다.

사랑에 미치면 약도 없다는 말이 맞다. 그런데 자신이나 아만다나 사랑에 미쳐 있다.

*   *   *

오열은 접속을 종료하고 아만다를 생각했다.

그녀의 말대로 일상에서 그녀와 함께하고 싶은 마음이 들었다.

아바타가 느끼는 것이 아니라 본체가 느끼고 싶었다. 느낌은 같은 것이라고 해도 그녀의 소망대로 그도 그녀와 함께 명동을 걷고 바지락 칼국수를 사 먹고 고궁에서 사진도 찍고 싶었다.

'이철수 대령에게 이야기해 봐야겠군.'

오열은 찬란하게 떠오르는 태양을 보며 하루가 새롭게 전개될 것이라고 느꼈다.

아침을 가볍게 먹고 수색으로 차를 몰았다. 밤새도록 힘을 썼지만 피곤함을 느끼지 못했다.

"어서 와."

"오, 오열이군."

"좋은 아침!"

먼저 와 있던 파티원이 그에게 아는 체를 한다.

오열은 거만한 눈빛으로 있다가 파티원을 보고는 미소를 지었다. 그리고 몇 년 만에 편안한 상태에서 몬스터 사냥을 하기 시작했다.

"야, 똑바로 안 할래?"

"어그로 튀면 죽는다?"

툭탁거리면서도 사냥은 변함없이 진행되었다.

어제 돈을 많이 벌어서인지 파티원의 표정이 무척이나 좋아 보였다.

마리터스는 한번 상대를 해보아서인지 사냥하는 데 어려움이 없었다.

짝퉁 오우거를 잡고 있는데 던전 밖에 있던 파티원 하나로부터 무전이 들어왔다.

혹시나 PMC의 용의 기사단에서 긴급 출동을 요구하면 무전기로 알려주는 것이다.

―몬스터가 출몰했다. 사냥을 멈추고 A―24 지역으로 이동한다.

"뭐야, 한참 잘 잡고 있는데?"

"재빨리 처치하고 가자."

오열도 무전을 받아서 공격에 참여하였다.

붉은 검기가 몬스터의 배꼽을 꿰뚫었다. 몬스터의 등 뒤로 수없이 많은 에너지소드가 날아와 박혔다.

"크아앙!"

마리터스가 고통으로 포효한다. 파티원을 혹시나 하는 마음으로 걱정스레 마리터스를 바라보았다. 버서커에 걸리면 대책이 없기 때문이다.

"야, 무조건 다굴이다."

파티원이 소리쳤다. 버서커로 빠지기 전에 몬스터를 다굴로 잡으려는 것이다. 힐러들이 잔뜩 긴장하며 돌아가며 힐을 했다.

"젠장! 죽어라!"

민충식이 화를 내며 에너지소드를 휘둘렀다. 검의 방향이 빗겨 날아와 오열의 아다티움아머를 쳤다.

다굴이 위력적이긴 하지만 가끔 이와 같이 빗맞은 공격에 같은 파티원이 맞을 수도 있었다.

오열은 날아오는 푸른 에너지소드를 무시하며 에너지소드를 마리터스에게 꽂아 넣었다.

"안 돼!"

주위에서 소리를 질렀지만 검이 오열을 베었다.

텅!

에너지소드가 아다티움아머에 막혀 힘을 잃었다. 오열은 민충식을 째려보며 칼을 휘둘렀다.

털썩!

몬스터가 마침내 쓰러졌다. 오열은 민충식을 보며 눈을 부라렸다.

"딸꾹. 실, 실수야."

"실수가 아니었으면 넌 죽었을 거야."

오열의 말에 민충식의 딸꾹질이 더 심해졌다.

오열은 재빠르게 심장에서 마정석을 꺼내고 몬스터는 그대로 가방 안의 마법 주머니에 집어넣었다.

"헉!"

파티원은 거대한 몬스터가 가방 안에 들어가자 모두 놀라워했다.

오열은 피식 웃으며 던전을 나갔다. 뒤따라 파티원이 뛰기 시작했다.

6장

첫 출격

던전을 나오자 수송용 나이트윙이 기다리고 있었다.

21명이 모두 나이트윙에 타자 순식간에 하늘로 날아올랐다.

용의 기사단이 앉은 앞부분에 홀로그램이 튀어나왔다.

─대구 외곽 지대에 뉴 타입의 몬스터가 나타났다. 영상을 보여주겠다.

장일성 소장이 다급한 표정으로 말을 시작했다.

그가 이렇게 서두르는 것을 보니 이번에 나타난 몬스터는 아주 강한 놈 같았다.

아니나 다를까, 화면에 나타난 몬스터는 거대한 거미였다. 이름이 타이거 타란툴라로 호랑이 무늬를 가진 몬스터다.

―높이 15미터에 네 쌍의 다리가 강철보다 강하다. 무엇보다도 산성의 독을 내뿜는데 아주 위험하다. 콘크리트와 철이 녹아내린다.

오열은 거미라는 말에 관심을 가졌다.

그가 사용하는 거미줄의 강도를 지금보다 더 강하게 만들고 싶었는데 마땅한 거미줄이 시중에 나오지 않아서 구하지를 못하고 있었다.

10층의 빌딩이 타이거 타란툴라에 공격에 의해 무너져 내리고 있었다.

이번에 역시 시민들의 희생이 상상도 하지 못할 정도로 많아 보였다. 저번에 나타난 테디베어처럼 생긴 야골리언의 난동은 장난처럼 보였다.

홀로그램의 그림이 바뀌며 작전사령부의 이일제 대령이 나왔다.

그는 용의 기사단이 오는 도중에 작전을 지시했다.

―그러니까 절대로 독에 맞아서는 안 된다. 메탈아머가 버티지 못할 것이다. 메인탱거, 부탱거 한꺼번에 동시 투입이다. 탱커 한 명당 다섯 명의 힐러가 힐을 줄 것이다. 먼저 도심지에서 벗어나 인적이 드문 곳으로 유인해서 작전을 수행

한다. 현장에 도착하면 현장지휘부의 명령에 철저하게 따르도록!

이일제 대령의 말이 끝나자 홀로그램은 사라졌다.

요원들은 30분도 안 되어 대구에 도착했다.

다행히 A—24 지역은 달성군에 있는 야산과 가까웠다. 이미 도착한 메탈사이퍼들이 타이거 타란툴라를 유인하고 있었다.

인근에서 차출된 요원들이 먼저 투입된 것이다. 오열과 일행은 서울 지역이라 가장 늦게 도착했다.

"워! 거미 한 마리와 엄청 작은 개미들이구만."

이한수가 아래를 내려다보며 말했다.

타이거 타란툴라는 생각보다 컸다. 높이가 15미터에 길이는 30미터에 육박한 대형 몬스터였다. 물론 거미라 몸통은 5미터 남짓에 불과했지만 말이다.

인근에 나이트윙이 도착하자 문이 열렸다. 그때 통신이 들어왔다.

―부스터를 켜고 12시 방향으로 진입하여 잠시 대기하라.

명령에 따라 대원들은 버스터를 켰다. 부스터가 작동된 요원들은 뛰기 시작했다.

오열도 버스터를 작동시켰다.

가장 먼저 도착해서 보니 먼저 투입된 용의 기사단원들이 제법 잘하고 있었다.

하지만 역시나 문제는 가끔씩 날아드는 독이었다. 독이 날아와 부딪치면 검은 연기와 함께 독이 주변 5미터에 퍼지기에 메탈사이퍼들은 피하기에 급급했다.

'먼저 지켜본다.'

명령도 대기였으니 먼저 달려들 필요가 없었다.

"잘 버티네. 하지만 오래가지는 못할 거야. 무엇보다도 저 독이 문제야. 몬스터의 독은 분해가 잘 되지 않아 해독제를 만들기도 힘들어서 방독면을 쓰는 수밖에 없어."

"흠."

오열은 장준식을 바라보았다.

그는 이미 야골리언이 난동을 피울 때 투입되어 이런 대형 몬스터를 상대한 경험이 있었다.

몬스터마다 독특한 행동 패턴이 있다. 그 패턴을 파악하면 상대하기가 쉬워진다.

작전본부가 대기를 명령한 것도 이런 이유였다. 노련한 몬스터 사냥꾼들은 대기하면서 몬스터의 행동 패턴을 분석했다.

─대기하라. 10분 후에 탱킹을 교대한다. 딜러들은 어그로가 잡힐 때까지 대기한다. 다시 말한다. 굉장히 위험한 몬스터다. 명령에 철저하게 따라주기 바란다.

오열은 날뛰는 거미를 바라보았다.

거미는 네 쌍의 다리를 가진 절지동물로 눈은 홑눈이고 더듬이가 없다. 머리와 몸이 붙어 있다.

일반적인 거미와 별로 다른 것은 없다. 다만 크기가 크다 보니 몸에 난 털이 가시처럼 단단해 위험해 보였다.

'흠, 일반 거미처럼 머리가 가슴과 붙어 있으니 공격을 마음대로 하는 것이 어려워 보여.'

문제는 이런 절지동물이 굉장히 빠르다는 것이다. 앞선 팀이 지쳐가고 있었다. 그래서 예상보다 5분이나 미리 투입되었다.

―4시 방향으로 조심해서 접근해라. 탱커와 부탱거, 동시에 전진. 나머지는 근처에서 대기한다.

"고고!"

"뜨거운 맛을 보여줘."

장준식 탱커가 4시 방향으로 조심스럽게 다가가자 이전에 몬스터를 상대했던 딜러들이 먼저 현장을 이탈했다. 그리고 메인탱커와 부탱커가 돌진하여 타이거 타란툴라의 어그로를 끌려고 노력했다.

"됐다. 고고!"

장준식이 타이거 타란툴라의 어그로를 끌자 이전 팀들은 자리에서 완전히 이탈했다.

탱커에게 완전하게 어그로가 먹히자 공격수들의 딜이 시작되었다.

오열은 타이거 타란툴라의 가죽이 너무나 단단해서 데미지가 제대로 먹히지 않는 것을 알았다.

그제야 왜 이전의 파티들이 그렇게 힘들어했는지 알 수 있었다. 데미지가 먹히지를 않으니 어떻게 해볼 방법이 없는 것이다.

절지동물 특유의 기민함이 있어 상대하기가 힘들었다. 독과 거미줄은 굉장히 위협적인 공격이어서 용의 기사단을 힘들게 했다.

"시바, 이러다가 밤새우겠다."

"뭔 거미 새끼가 이렇게 강하냐. 정말 대책이 없다."

파티원은 손을 부지런히 놀리면서도 입으로는 딴소리를 하고 있다.

—B팀과 교대!

20명의 공격수가 둘로 나눠 대처하는 이유는 정보분석팀이 몬스터에 대한 정보를 분석하기를 기다리는 것이었다.

오열은 에너지소드를 뽑아 달려들었다.

밖에서 보았을 때와 바로 뒤에서 볼 때, 그리고 공격을 하면서 느끼는 것은 너무나 달랐다.

절지동물의 특징은 몸과 다리에 마디가 있는 것이다. 게다가 척추가 없으며 단단한 외껍질이 있다는 것이다.

'마디가 있다?

오열은 마디를 보며 혹시 하는 생각을 했다.

다른 부분은 단단한 외피에 감싸여 있어서 공격이 잘 먹히지 않았다. 오열은 마디 사이에 붉은 검기 다발을 찔러 넣었다.

텅!

빗겨 맞아서인지 타이거 타란튤라에게 타격을 주지 못하였다. 오히려 예민한 부분을 타격해서 탱커의 어그로가 먹히지 않고 오열에게로 튀었다.

"헐, 대박!"

"야, 위험해!"

─공격 중지.

오열에게 어그로가 튀자 딜러들의 공격이 멈췄다. 이런 경우 굉장히 위험하다. 몬스터가 언제 어떻게 공격할지 알지 못하기 때문이다.

오열에게 어그로가 튀었으니 오열만 제외하고 모두 현장을 이탈했다.

오열은 빠르게 움직이며 몬스터의 시야에서 벗어났다. 왼손을 슬쩍 흔들자 거미줄이 타이거 타란튤라의 등에 붙었다.

내공을 슬쩍 돌려 몸을 띄우자 단전에서 따뜻한 기운이 나오면서 몸이 가벼워졌다.

손을 당기자 그의 몸이 공중에서 한번 돌아 가볍게 거미의 등에 안착했다.

"휴우, 여기가 가장 편하고 안전한 곳이군."

절지동물의 특징은 딱딱한 외피다.

이렇게 오열이 배에 올라타면 거미가 오열을 어떻게 할 방법이 없다. 다리 부분에는 날카로운 가시 같은 것이 있는데 몸통에는 없었다.

―이오열 요원, 무사한가?

"물론이죠. 제가 어딜 봐서 이따위 거미에게 당할 놈으로 보입니까?"

오열이 당당하게 말했지만 무전기에서는 더 이상의 말이 없었다.

머쓱해진 오열이 에너지소드에 메탈에너지를 집어넣고 위에서 힘껏 휘둘렀다.

"캬악!"

몬스터가 격렬하게 반응했다. 꽤 아팠던 모양이다. 하지만 오열은 검기 다발에도 잘리지 않은 강한 외피를 보고 상당히 놀랐다.

오열이 멀쩡하지만 조금 전에 몬스터가 비명을 지른 것을 생각해 내고 다시 그곳에 에너지소드를 휘둘렀다.

타이거 타란툴라가 고통에 놀라 비명을 지르며 펄쩍 뛰자 오열의 몸도 공중에서 널뛰듯 했다.

순간적으로 거미줄을 뽑아내지 않았다면 15미터의 높이에서 바닥으로 굴렀을 것이다.

'후후, 거미에게 거미줄로 상대하니 재미있네.'

─이오열 대원, 문제가 없나?

"그런 게 있을 리가 없죠. 걱정하지 말고 말해요."

─배 쪽은 어떻습니까?

"똑같아요. 에너지소드가 안 먹힙니다."

─안전을 최우선으로 하십시오.

"당근이죠."

오열도 자신의 목숨이 최우선이었다.

나라를 위해 목숨 따위는 잃고 싶지 않았다. 그리고 또 하고 싶은 일도 아니었다.

하지만 몬스터 사냥을 많이 하다 보니 눈앞에 몬스터가 보이면 몸이 저절로 움직였다.

오열은 타이거 타란툴라의 배 위에서 쉬면서 주변을 둘러보았다.

오열의 공격이 컸는지 타이거 타란툴라는 주변에 있는 사람들을 공격할 기미를 보이지 않고 계속 주변을 뱅글뱅글 돌면서 경계하고 있었다.

'이 자식, 이러는 거 보면 가죽이 뚫리지는 않았으나 아파했으니 데미지가 들어가기는 들어간 것이군.'

오열은 가방에 있는 것들을 떠올려 보았다. 마땅한 것이 생각나지 않았다.

"저기요. 아주 큰 해머가 필요합니다."

—주변에서 공수하겠다. 준비되면 말해주겠다.

오열은 단단한 거미의 껍질이 어지간하면 파괴되지 않으니 해머와 같은 것으로 내부에 충격을 줄 생각이다.

오열은 10분 만에 스카이윙에서 로프에 매단 해머를 받을 수 있었다. 손잡이부터 강철로 된 것이다.

'효과가 있을까?'

생각해 보니 메탈에너지를 이용하지 못한다면 해머로 내려쳐도 소용없을 것이다.

오열은 해머를 잡고 메탈에너지를 집어넣었다. 다행하게도 에너지소드만큼은 아니지만 메탈에너지가 전달되었다. 푸르스름한 검기가 표면을 두드리자 오열은 힘껏 내려쳤다.

퍽!

"캬으으으악!"

철퍼덕!

오열은 자리에 주저앉았다가 날뛰는 거미의 등에 매달려 계속 해머를 내려쳤다.

망치의 넓은 면으로 치다가 피크 쪽으로 돌려 내려쳤다. 피크의 날카로운 면이 퍽 하는 소리와 함께 처음으로 껍질을 뚫고 박혔다.

타이거 타란툴라가 갑자기 정신없이 산 쪽으로 달리기 시작했다.

오열은 물론 다른 사람들도 놀라 소리를 질러대기 시작했다.

"오열, 뛰어내려!"

"버텨!"

서로 다른 소리가 사방에서 들렸다. 순간 오열의 몸이 허공으로 솟구쳤다.

거미가 거미줄을 만들어 절벽을 타고 있었다. 오열은 떨어지는 순간 왼손으로 거미줄을 발사했다.

그 덕에 바닥으로 떨어지지는 않았지만 타이거 타란툴라 입과 마주하게 되었다.

순간 거미의 얼굴이 웃는 듯 보였다. 그리고 날아든 액체에 오열은 비릿한 향을 맡았다.

독이 아다티움아머에 정면으로 맞은 것이다. 오열은 순간적으로 왼손에 힘을 주어 당겼다.

그러자 더 이상 거미의 얼굴이 보이지 않았다. 허공에 대롱대롱 매달려 오열은 어지러움에 헛구역질을 했다.

주머니에서 해독제를 꺼내 먹었다. 타이거 타란툴라가 독을 내뿜는다고 해서 주머니 안에 하나 챙겨두었던 것이다.

해독제를 먹으니 정신이 들어왔다. 왜 곧바로 정신을 잃지 않았나 보았더니 힐러 세 명이서 끊임없이 그에게 힐을 쏟아붓고 있었다.

30여 분이 지나자 타이거 타란툴라가 서서히 움직이기 시작했다.

오열은 그의 배 위에 조심스럽게 매달렸다. 역시나 상처가 아물지 않았다.

타이거 타란툴라는 이제 도시와 상관이 없는 외진 곳으로 걸음을 옮기기 시작했다. 아지트에서 상처를 치료하기 위한 것으로 보였다.

오열은 가방에서 마취제를 꺼내 껍질이 뚫린 곳에 부었다.

마취제는 만들기도 어렵고 재료를 구하기도 힘들다. 그래서 사용하는 것이 아까웠다.

하지만 다른 방법이 없었다. 오열은 몬스터의 상처가 치료되면 더 영악해져 나타날 것이라는 느낌을 받았다.

순간적으로 마주친 얼굴이지만 몬스터가 매우 교활해 보였다. 그리고 위에 있는 그를 떨어뜨리기 위해 거미줄을 치고 거꾸로 매달린 거미의 영악함을 생각하면 반드시 이번에 끝내는 것이 옳았다.

타이거 타란툴라 움직임이 느려지는 것이 눈에 확연하게 드러났다.

오열은 무전을 했다.

"거미가 움직임이 느려졌습니다. 딜러를 보내주세요."

―확인 후 보내겠다.

"라면이 익기 전에 보내요."

―라면?

"3분 안에 보내라고요."

―알았다.

최창명 중령은 기계를 정검하며 몬스터의 상태를 파악했다. 확실히 몬스터의 움직임이 느려졌다.

―몬스터가 움직임이 느려졌다. 모두 공격을 한다!

명령이 내려지자 100여 명이 넘는 딜러가 일제히 달려들었다.

타이거 타란툴라가 비명을 질러댔다. 몸이 마비되어 움직이지 못하는데 무시무시한 데미지가 안으로 파고들어 오니 너무나 고통스러웠던 것이다.

"캬아아아아아악!"

거미가 발악하자 마취가 예상보다 더 일찍 풀리려는 징후가 보였다.

오열은 힘들게 마취시킨 몬스터가 발작해서 마비가 풀리면 말짱 꽝이 된다고 생각했다.

'어떻게든 생각을 해야 해. 뭘 어떻게?'

오열은 몬스터를 사냥할 때 항상 급소를 찾았다.

상대적으로 다른 메탈사이퍼보다 약한 공격력을 가진 그가 그러한 불리함을 극복하기 위해 나온 습관 가운데 하나였다.

그리고 그 연금술은 몬스터를 처치하는 데 가장 효과적인 방법이 되곤 했다. 폭약이나 마취, 수면은 몬스터를 잡는 데아주 유용하였다.

오열은 거미의 배 위에서 머리가슴 부분을 보았다. 숨을 내쉴 때마다 오르락내리락하는 것이 보였다.

숨골이 직접적으로 보이지는 않으나 일반적으로 뇌의 가장 아랫부분에 위치해 있어서 목 주변에 있는 것이 정상이다. 숨골은 운동신경을 관장하고 있어 매우 중요한 곳이다.

오열은 타이거 타란툴라가 마비에서 깨어나려고 하는 것을 보고는 급하게 머리가슴 부분으로 발걸음을 옮겼다. 마비가 되어도 숨을 쉰다. 여전히 모든 기관이 정상적으로 움직이는 것이다.

'이 정도 위치에 있겠지?'

오열은 타이거 타란툴라의 목 부분에 에너지소드를 깊게

꽂아 넣었다.

단단한 뼈가 있는 부분이라 틈새를 비집고 간신히 집어넣은 것이다.

치이익.

에너지소드가 목을 뚫고 들어가자 듣기 거북한 소리가 났다.

오열이 온 힘을 다해 메탈에너지를 끌어올려 숨골에 박힌 에너지소드를 크게 한번 돌리자 타이거 타란툴라가 펄쩍 크게 뛰더니 그대로 축 늘어지면서 죽었다.

에너지소드를 돌리자 순간적으로 강력한 반발이 일었지만 이내 사그라졌다.

오열은 몬스터가 마비되었을 때에는 생체에너지의 방어력이 현저하게 떨어지는 것을 처음 알았다.

타이거 타란툴라가 마취된 상태에서는 이전과 달리 칼이 잘 박혔던 것이다.

'흠, 흥미롭군.'

오열은 15m의 높이에 있다가 타이거 타란툴라가 죽자 높이가 많이 낮아졌다.

"와아!"

"몬스터가 마침내 죽었어!"

"뭐야? 너무 쉽게 죽었잖아?"

오열은 거미의 배 위에서 펄쩍 뛰어내렸다. 그리고는 도축용 단검을 꺼내 몬스터를 도축하기 시작했다.

일단 네 쌍의 다리를 자르고 배를 갈라 마정석을 꺼냈다. 파란색의 마정석을 장준식에게 주었다.

"일단 가지고 있어봐."

"어, 어, 그래."

장준식은 오열이 준 파란색의 마정석을 들고 PMC의 담당자가 나타나기를 기다렸다.

오열은 거미를 도축하면서 거미줄을 뽑는 실샘에 있는 투명한 단백질 덩어리를 조심스럽게 비커에 담았다.

독거미이기에 독을 채취하고 나니 배에 알집이 보였다. 타이거 타란툴라는 암컷이었는지 수백 개의 알이 있었다.

"워, 대박이다!"

오열은 비록 타이거 타란툴라의 크기는 거대하지만 몸통은 그다지 크지 않아 도축하는 데 시간이 별로 걸리지 않았다.

도축한 몬스터의 부산물을 그의 개인 가방에 담자 몇 명의 남자들이 나타나 오열에게 말했다.

"이봐, 몬스터의 사체를 왜 마음대로 네 개인 가방에 넣는 것인가?"

"그래, 맞아. 이거는 PMC에 넘겨야 해."

오열은 이들을 상대할 필요성을 느끼지 못했다. 원래 이런 잔챙이들을 일일이 상대하면 피곤해지는 법이다.

"신경 꺼라. 내가 그 알량한 PMC와 이야기할 터이니."

"뭐야, 이 시끼⋯⋯. 아, 그, 그렇게 하는 게 좋겠군요. 하하하!"

남자는 오열의 눈빛을 받고는 비굴하게 웃으며 말을 돌렸다.

오열이 지나가자 그는 몸을 살며시 떨었다.

"야, 너 왜 그래?"

"시바, 눈빛으로 사람을 죽일 수 있다면 저 새끼가 갑이다."

"뭐?"

"젠장, 눈에서 파란 레이저 광선이 튀어나오더라. 눈빛이 엄청 살벌했어."

"하긴 나도 저 사람의 눈빛이 마음에 걸리더라."

"괜한 일에 끼지 말자. 아까 봤지? 거미 위에서 마구 지랄하는 거. 어쩌면 저 사람 때문에 타이거 타란툴라가 죽었을지도 몰라."

"어, 그랬을라나? 시바, 졸라 살벌해. 째려보는데 심장이 덜컹 내려앉는 것 같더라고."

"가자, 가."

두 사람은 재빠르게 사람들 사이로 사라졌다.

오열은 하품을 하며 PMC에서 사람이 오기를 기다렸다. 기다리는데 사람은 오지 않고 무전이 들어왔다.

—비상 상황 해제! 비상 해제! 일단 각자 자신의 업무로 복귀한다. 모두 자신들이 타고 온 나이트윙으로 돌아가라.

"아, 진짜 오라 가라 무지 귀찮게 하네."

"내 말이. 지들이 이리로 오면 되지, 우리가 꼭 거기까지 걸어가야겠어?"

파티원은 모여 불평을 터뜨리며 왔던 길로 되돌아갔다. 오열이 나이트윙을 타자마자 주위에서 칭찬이 쏟아졌다.

"야, 아까 너 죽이더라?"

"맞아. 엄청났지. 어떻게 한 거야?"

"하하, 앞으로 우리 친하게 지내자!"

오열은 그에게 말하는 사람들을 보며 살짝 미소를 지었다. 남자들과는 달리 여자들의 반응은 더욱 뜨거웠다.

이전에도 그의 잘생긴 얼굴에 호감을 가지고 있었는데 오늘의 엄청난 활약에 완전히 반해 버린 것이다.

"와, 너 대단하던데? 정말 놀랐다!"

장준식이 오열에게 진정으로 감탄했다고 말했다.

돌아오는 기내에서의 분위기는 매우 좋았다. 적어도 파티원 중에서는 다치거나 죽은 사람이 한 명도 발생하지 않았다.

"그나저나 요즘은 몬스터가 마구 미쳐 날뛰고 있어. 기존의 장비로는 곤란할 것 같은데……."

"그래서 PMC에서 새로운 형태의 무기를 개발하고 있다고 하더군."

"어떤 것인지 알아?"

"낸들 알겠어?"

이한수의 질문에 이영호가 어깨를 으쓱하며 모른다고 표시했다.

"흠, 몬스터가 이렇게 강하다면 기존의 장비로는 어림없긴 할 거야. 방어 장비는 물론 힐러들의 힐도 문제야. 지금은 힐러의 힐이 100% 힐 대상자에게 가는 것이 아니니까 힐의 낭비가 심한 편이지. 아마 30%는 도중에서 사라질걸."

"힐러의 힐도 문제지만 원거리 무기의 개발이 심각해. 근접 무기에 비해 화력이 너무 안 나오니까. 그게 만들기 힘든 것인가?"

"당연히 힘들겠지. 일단 메탈에너지를 받아들이는 장치가 필요한데 이게 아무나 만들 수 있는 것이 아니지. 오직 메탈드워프만이 만들 수 있어. 그런데 그들은… 게으르지."

"게을러. 무척이나……."

나이트윙에 있던 사람들에게서 일제히 메탈드워프에 대한 비난이 터져 나왔다.

그들이 장비를 만들기 때문에 몬스터 사냥을 할 수 있게 된 것은 고마운 일이지만 장비가 지나치게 비쌌다.

그리고 장비의 업그레이드 주기가 지나치게 느렸다. 그래서 메탈사이퍼들은 그들에게 좋지 않은 감정을 조금씩은 다들 가지고 있었다.

메탈드워프는 기술자이면서 과학자이므로 그들이 다룰 수 있는 영역이 굉장히 광범위했다.

사실 엄밀히 말하면 메탈드워프는 과학자에 더 가까웠다. 단지 메탈에너지를 다룰 수 있는 능력자라는 차이점만 없다면 말이다.

―아참, 마정석은 장준식 씨가 가지고 있습니까?

"네, 제가 가지고 있습니다."

―그러면 서울로 돌아오는 대로 PMC에 제출하도록 하시오. 감정가를 확인하는 대로 바로 송금하겠소.

"알겠습니다."

―아, 물론 이오열 씨도 같이 오게.

"아뇨. 전 피곤해서 그냥 집으로 가서 쉬어야겠습니다."

"……?"

"……."

오열은 조금이라도 일찍 집으로 가서 이 놀라운 재료들을 가지고 실험하고 싶은 생각뿐이었다.

오열이 PMC의 이일제 대령을 무시하자 모두 그의 얼굴을 바라보았다.

하지만 그는 다른 사람의 눈치에는 관심이 없어 창밖을 바라보고 있을 뿐이다. 영상의 너머에서도 당황한 모양인지 잠시 동안 아무런 말이 없었다.

―커험! 그러면 일단 그렇게 하게. 그 일은 차후에 이야기하고.

어색한 분위기가 갑갑했는지 민충식이 딴 이야기를 했다.

재미도 없는 그 이야기를 모두 집중해 들었다. 그러면서 그들은 속으로 이 무슨 생뚱맞은 일인가 했다.

그들은 오열이 이렇게 노골적으로 PMC의 말을 무시할 줄은 몰랐다.

PMC가 몬스터 사냥을 할 수 있는 라이선스를 취소하면 능력이 있어도 몬스터 사냥을 할 수 없게 된다.

힘이 모든 것인 것처럼 보여도 세상은 그렇게 돌아가지 않는 많은 것이 존재했다.

"야, 너 그렇게 세게 나가도 돼?"

"지들이 아쉬우면 나중에 뭐라고 하겠지. 귀찮은 일을 하면서 기분 좋은 척할 필요는 없지."

"하긴."

긴 침묵이 새처럼 날아와 일행 가운데 앉았다. 사람들은 나른한 오후가 즐거웠지만 누군가의 배에서 꼬르륵 소리가 났다.

"하하!"

"히히!"

"졸라 배고프네. 그러고 보니 그놈들이 밥도 안 주고 부려 먹었잖아."

오열도 배가 고팠다. 몬스터를 사냥하느라 크게 긴장하고 있다가 풀려서인지 식욕이 찾아왔다.

"오늘 정산은 내일 같이 하도록 하지. 다들 피곤할 터이니."

장준식의 말에 모두 고개를 끄덕였다.

돈도 좋지만 굉장히 피곤하였다. 거대 몬스터의 위협은 이제 인간의 삶과 생명에 치명적인 것으로 다가왔다.

이런 일로 몬스터에 대한 대응이 빠르지 못하다고 국회가 연일 해당 부서에 대한 자성을 촉구하면서도 예산 편성에는 미온적이었다.

오열은 피곤했다.

혼자 칼리쿨을 상대할 때보다는 쉬웠지만 그래도 엄청 까다로운 몬스터였다.

몬스터를 사냥한다는 것은 메탈사이퍼의 목숨을 담보로 돈과 명예를 얻는 행위인 동시에 국민의 안전을 책임지는 공익적인 의미도 내포하고 있었다.

*　　　*　　　*

아만다는 늦게 일어났다.

아침부터 나른하여 하품이 나왔다. 어제저녁에는 정말 굉장한 시간을 보냈다.

그 생각을 하자 저절로 얼굴이 붉어진다. 눈을 들어 하늘을 보니 구름이 검게 변하는 것이 비가 올 것 같은 날씨였다.

그녀는 오랜만에 연금술 실험실로 내려갔다.

지하로 내려가는 거칠고 단단한 길을 따라 걷다가 문을 살며시 열자 브로도스가 화로에서 부글부글 끓고 있는 솥에 마정석을 집어넣고는 행복한 미소를 짓고 있다.

"하하하, 이것은 그 영악한 오열이 놈은 절대 모르지. 이것이야말로 영원한 연금술의 정화, 현자의 돌을 만드는 비법이지."

"어머, 할아버지, 축하드려요."

"그래, 그래. 고맙구나, 나의 사랑스러운 손녀 아만다야!"

"할아버지, 그런데 왜 우리 그이에게는 비밀로 했어요?"

"헉!"

아만다의 말에 정신을 차린 브로도스는 그제야 아만다가

들어온 것을 깨달았다.

아만다는 이곳에 자주 내려왔고, 그럴 때면 언제나 이야기를 많이 하곤 해서 이번에도 습관적으로 대답했는데 사랑스럽고 영악한 손녀가 듣지 말아야 할 말을 듣고 말았다.

눈에 넣어도 아프지 않은 손녀가 오열을 만난 후에 변했다.

오열의 일이라면 만사를 제쳐 놓고 달려들기에 그는 이 순간이 난감했다.

오열에게 모든 연금술을 가르쳐 주겠다고 약속했는데 그 말을 곧이곧대로 믿을 순진한 놈이 아니어서 그동안 여간 조심하지 않았다.

원래 비법은 남에게 쉽게 가르쳐 주는 것이 아니다.

"하하하, 그 얄미운 놈은 몰라도 되는 것이다."

"아이, 할아버지. 우리 그이가 알면 아주 섭섭하게 여길 거예요."

"허허허, 그럼 나중에 가르쳐 주마. 아직 그 녀석이 배울 실력이 안 되어서 말이다."

"아, 그렇구나. 그러면 그 현자의 돌을 만드는 법을 적어주세요. 나중에 오열 오빠가 실력이 늘면 제가 주게요."

"아니, 뭐 그렇게까지 할 필요가 없단다."

"할아버지."

"허허허."

브로도스는 손녀에게 아주 약했다.

어릴 때부터 그가 거의 키우다시피 한 손녀라 그는 그녀를 끔찍하게 여겼다.

그래서 어지간한 청은 다 들어주곤 했다. 그렇다고 그 얄미운 녀석에게 이 모든 것을 훌쩍 다 넘겨주고 싶지는 않았다.

이 놀라운 연금술의 총화를 알아내기 위해 자신은 40여 년을 소비했다.

그런데 그 이상한 녀석이 노력도 안 하고 이 귀한 것을 날름 먹는 것은 볼 수 없었다.

그날로부터 아만다는 브로도스가 보이면 현자의 돌을 가르쳐 달라고 졸랐다.

브로도스는 아만다가 아주 어릴 때부터 자신이 연금술을 할 때 옆에서 놀다가 궁금해하는 것을 하나둘 가르치다 보니 아만다는 어지간한 연금술사들보다 더 많은 내용을 알고 있었다.

그래서 엉터리로 가르쳐 주려고 해도 쉽지가 않았다. 연금술사는 아니지만 연금술에 대한 상식은 누구보다 많은 그녀였다.

"하하하, 나중에 가르쳐 주도록 하마."

"아잉, 할아버지, 지금 가르쳐 주세요."

"허허허."

브로도스는 손녀가 애교를 떨자 좋아서 입이 저절로 벌어졌다. 하지만 그것은 가르쳐 준다고 쉽게 알 수 있는 내용이 아니었다.

'그이를 위해 꼭 알아내고야 말겠어.'

어릴 때 외에는 연금술에 관심을 가지지 않던 아만다가 관심을 가지자 브로도스는 한편으로 좋으면서도 싫었다.

브로도스는 요즘 귀찮지만 행복했다.

그동안 자신의 품을 떠나 있던 손녀가 불순한 의도를 가졌지만 하루가 멀다 하고 찾아와 조르니 기분이 좋았다.

행복했다.

망할 자식 놈은 뻣뻣하기가 가시엉겅퀴보다 더한 놈이었다.

부창부수라고 처녀 시절에는 사근사근하던 며느리도 제 남편을 닮아 재미가 없어졌다. 오직 손녀 아만다만이 그를 행복하게 만들어줬다.

'흐흐흐, 아주 조금씩 가르쳐 줘야지.'

연금술의 총화인 현자의 돌을 만드는 것은 모든 연금술사의 꿈이지만 그렇다고 이것이 상식을 벗어난 것은 아니었다.

오히려 현자의 돌에 대한 자료는 많고도 많았다.

지금까지 나온 책만 하더라도 수천 권은 족히 될 것이다.

그게 문제였다.

자료는 많은데 알맹이가 빠졌다. 어느 누가 최고의 비전을 아무렇지도 않게 책에 서술해 놓겠는가.

그가 현자의 돌을 알게 된 것은 그의 천재성과 함께 운도 따랐다.

우연한 기회에 알게 된 지인으로부터 받은 한 권의 책, 고대 마도시대에 만들어진 '마법의 원류'라는 책의 한 파트에 현자의 돌을 만드는 내용이 적혀 있었다.

그 시대는 마법과 연금술이 아직 분화되기 전이었다. 고대의 책을 해석하고 이해하는 데 대부분의 시간을 보냈다.

그가 오열을 만나 숨마로 이사를 간 것도 다 이 현자의 돌을 연구하기 위해서였다.

몬스터에 있는 카오스에너지가 열쇠 중 하나였다. 이 혼돈의 에너지는 입자가 불규칙하였다. 그래서 연금술사의 능력에 따라 추출되는 것이 모두 달랐다.

몬스터 외에 에너지스톤이나 마나석을 쉽게 얻을 수 있게된 것도 현자의 돌을 연구하는 데 결정적이었다.

'그 녀석 때문에 이것을 만들 수 있게 되었지만 왠지 가르쳐 주기 싫어지게 만드는 녀석이야. 뭐, 아직 완성된 것은 아니지만 말이지.'

요즘에는 자주 찾지도 않는 제자이다. 사랑스러운 손녀를 보면 둘이 서로 잘되기를 바랐다.

손녀의 사랑이 아무쪼록 상처 받지 않기를 원했다. 인생이라는 것이 상처 하나 없이 지낼 수는 없다.

하지만 아만다만은 무사히 지나가기를 바랐다. 비록 온실속의 화초라 해도 행복하기를 원했다.

*   *   *

오열은 PMC의 이재정 대리와 입씨름 중이었다.

"그러니까 이게 다라고요?"

"…네, 그게 맞아요."

이재정은 탁자 위에 놓인 가죽과 썩은 듯 보이는 살덩어리를 보며 어이가 없다는 표정을 지었다.

하다못해 네 쌍의 다리 중에서 한 개라도 가져왔다면 말을 안 한다.

"그리고 이것은 이번에 타이거 타란튤라를 잡을 때 사용한 마취제에 대한 청구서라고요?"

"네, 보시다시피."

이재정은 말이 나오지 않았다. 0이 무려 아홉 개나 된다. 그 앞의 숫자는 4다.

"40억이요?"

"네, 뭐가 문제예요? 그놈의 마정석 하나가 얼마 나가는데. 파란색 마정석에서 빛이 샤방샤방 나던데요."

"헐~"

그는 놀란 표정을 지으면서도 그 사실을 깨닫지 못했다.

아니, 무슨 마취제가 40억이나 한단 말인가.

그대로 예산을 집행하면 위로부터 깨질 것이고, 안 하자니 시큰둥한 표정의 오열이 문제다.

듣기로는 오열이 혼자 거의 잡은 것이라 하니 이런 요구를 거절하기도 어려웠다.

앙심을 품고 다음 몬스터가 출몰할 때 가만히 팔짱만 끼고 있다가 사상자라도 생기면 그것도 골치 아팠다.

"잠시 위에 보고 좀 하고 오겠습니다."

"그러세요. 시간은 많으니까."

오열은 서둘러 자리를 벗어나는 그를 보며 피식 웃었다.

수고는 혼자 했는데 나눠 먹으려니 배가 아팠다.

물론 애초에 몬스터에게 달려들지 말았어야 했다. 그런데 눈앞에 몬스터를 보자 조건반사적으로 뛰어들었다.

정신을 차리고 보니 거미의 배 위에서 칼질을 하고 있는 게 아닌가.

'40억은 좀 약한데.'

오열은 타이거 타란툴라에게 독을 정면으로 맞았다.

다행히도 아다티움아머는 아무 이상이 없었고, 아머 위에 덧댄 칼리쿨의 가죽이 상하여 그것을 교체했을 뿐이다.

칼리쿨의 가죽은 아직도 엄청나게 많이 남아 있어 아깝지는 않았다.

나동태 차장은 이재정 대리의 보고를 듣고 어이가 없었다.

"40억이라고?"

"네, 그렇습니다."

"그 녀석이 갑자기 미친 건가, 아니면 일하기가 귀찮아진 건가?"

나동태 차장은 결국 국가안전위원회에 보고했다. 그리고는 더 어이없다는 표정을 지었다.

"그걸 그대로 지급하라고요?"

"그러네."

딸깍.

"……."

보고를 듣자마자 3초도 안 되어서 돌아온 말은 달라는 대로 지급하라는 것이었다.

'내가 모르는 뭔가가 있구나.'

그는 이재정 대리에게 그대로 지급하고 사인을 받아놓으라고 지시하고는 자리에 앉았다.

갑자기 한숨이 터져 나왔다.

이번 달은 보너스가 나와 좋아했는데 단 한 번의 몬스터 사냥에서 40억이라니 많이 놀랐다.

물론 목숨을 내놓고 하는 일이라 수당이 많을 것이라고는 생각했다. 그래도 엄청난 액수에 받은 충격은 상상보다 컸다.

'아, 이번 달 보너수가 600만 원이나 나온다고 좋아했는데.'

갑자기 자신의 월급이 초라해졌다. 아내와 아들에게 자랑스러운 가장이길 원했는데 이제 보니 너무나 무능했다.

그렇다고 능력자도 아닌데 몬스터 사냥을 다닐 수도 없고. 단순한 비교 한 번으로 행복이 불행으로 바뀌었다. 그는 머리를 세차게 흔들었다.

'여보, 재민아, 더 열심히 사랑하고 잘해줄게.'

나동태 차장은 지갑을 꺼내 아들의 사진을 보고서야 마음이 진정되었다.

이재정 대리는 자신의 사무실로 돌아가 이 어이없는 지출에 도장을 찍고 그의 계좌로 송금했다.

"그럼 이거는 어떻게 할까요?"

"그냥 가져가세요."

쓰레기나 다름없는 몬스터 부산물을 보며 이재정은 친절한 미소를 지었다. 물론 가식적인 미소였다.

오열은 통장에 40억이 들어오자 자리에서 일어나 집으로 돌아왔다.

"아, 왜 달라는 대로 다 주지?"

그는 생각보다 위험한 레이드에 빠지고 싶은 마음이 간절했다.

계약서에 도장 찍을 때와 막상 레이드를 뛰니 너무나 달랐다. 그리고 자신은 아직은 실력을 키워야 할 시기라고 생각해서 청구 금액을 마구 불렀는데 상대가 미쳤는지 그대로 주는 것이 아닌가.

시비를 걸려고 과도하게 청구했더니 '님 마음대로 하세요' 이다. 이러면 싸움이 안 된다.

"아, 죽을 뻔했는데 40억이라니, 한 200억은 불렀어야 하는데 난 너무 소심해서 탈이야!"

오열은 기분이 좋아 백화점으로 가서 화장품을 샀다.

가장 비싼 명품 화장품과 악어가죽으로 만든 가방을 사서 PMC에 가져갔다.

배보다 배꼽이 더 큰 배송료를 지불했지만 오늘같이 공돈이 들어온 날에는 이렇게라도 하고 싶었다.

쇼핑한 물건들을 뉴비드 행성으로 포탈을 통해 부치면서 필요한 것들을 챙겨서 함께 동봉했다.

오열도 이제는 애인에게 아부가 필요한 시점이라는 것을 깨달았다.

요즘 들어 잘 삐치고 마음도 쉽게 다치는 아만다를 보며 마음을 표현하는 것은 결국 행동이라는 것을 깨달았다.

진심은 항상 통하지만 그것을 더 아름답게 만드는 것은 정성이 가득한 행동이라는 것을.

말은 달콤하지만 쉽게 잊히고 선물은 그렇지가 않다. 화장품을 쓸 때마다 여자는 남자의 마음을 생각하게 될 것이다. 물론 이런 것도 착한 여자에 한해서이긴 하다.

선물이라는 것은 가끔 해야 약발이 먹힌다. 너무 잦은 선물은 감동을 약화시킨다. 여자로 하여금 항상 기대하게 만들어서는 남자는 피곤해서 견디지 못한다.

오열은 연애도 쉬운 것이 아니라는 생각이 들었다.

짝사랑에서 실패한 후 여자는 믿지 못할 존재가 되었다. 어쩌면 아만다를 사랑하게 된 것도 여자가 아닌 동생으로 시작해서 가능했는지도 모른다.

아만다를 생각하니 몸이 다시 뜨거워졌다. 몸의 능력이 좋아지면서 정력도 같이 좋아진 것이다.

커피를 마시며 어떻게 살아갈 것인지에 대해 문득 고민하게 되었다.

사랑하는 여자는 저쪽에 있고 본체는 이곳에 있다. 아무리 사랑해도 존재 자체가 이미 불완전하다.

아만다는 늘 같이 있기를 원하고 현실은 시궁창이다. 지구에는 뉴비드 행성에 없는 강력한 몬스터가 출몰하기 시작했다.

*   *   *

TV를 틀자 결국 이철 국왕이 결단을 내렸다.

몬스터 전담 부서를 만들었고, 이는 기존의 PMC와 다른 업무를 하게 될 것이라고 한다.

─이로써 몬스터대응본부(가칭)는 기존의 PMC의 포괄적인 업무와는 달리 조기에 몬스터를 발견하여 경계경보를 내리고 인근에 있는 메탈사이퍼를 징집할 수 있는 권한을 가지게 될 것으로 보입니다. 몬스터 사냥 라이선스가 있는 모든 메탈사이퍼는 이 소집에 불응할 수 없으며, 세 번 이상 특별한 사유 없이 불참하게 되면 라이선스가 취소됩니다. 이에 메탈사이퍼는 보다 자신의 일정에 주의를 기울여야 합니다. 장기 여행이나 피치 못할 일이 있으면 반드시 미리 해당 부서에 신고해야 합니다. 간단한 본인 확인 절차를 거치면 전화나 인터넷으로 사유를 적어낼 수 있습니다. 이러한 정부의 조치는 법률적인 분쟁의 여지가 남아 있습니다만 아직까지는 우호적인 의견이 다소 우세합니다. 올해 들어 여덟 번의 몬스터의 출몰로 인해 523명의 시민이 숨졌고, 1,624명이 부상을 입었

습니다. 이와 함께 학계에서는 기존의 무기로는 강해진 몬스터를 사냥할 수 없다는 의견이 제기되었습니다. 이제 몬스터는 더 이상 인류에게 에너지나 제공해 주는 존재가 아닌 인간의 생명과 안전을 위협하는 존재로 변해가고 있습니다. 이상으로 SBC 오인환 기자였습니다.

오열은 저녁을 먹고 아바타에 접속하였다.

오열이 문을 열고 들어가자 제프가 다가와서 반갑게 인사를 한다.

"잘 지냈어?

"그럼요, 오열님. 아, 저, 그런데요, 저 조만간 익스퍼트 초급에 도달할 것 같습니다."

"익스퍼트?"

"약한 마나가 검을 감싼 상태를 말합니다. 오열님처럼 마나가 강하게 검에 맺히면 소드마스터라고 합니다."

"흠, 그렇군. 어쨌든 축하해. 익스퍼트가 되면 미스넬을 섞은 검이나 하나 만들어줄까?"

"정말입니까?"

제프가 흥분하여 크게 소리를 지르며 반문했다.

"뭐 그게 힘든 일이라고. 미스넬이 남아 있고 마정석도 한 개만 쓰면 괜찮은 검이 나올 것 같은데 말이지."

"오, 오열님, 감사합니다. 감사합니다."

"아냐, 아냐. 내가 없을 때 아만다를 지켜줬잖아. 받을 만해."

오열의 말에 제프가 감격하며 충성심이 더 높아졌다.

이제는 부하처럼 되어버린 세 명의 용병에게 인색하게 대하는 것은 바보나 하는 짓이다.

부하들에게는 공포심도 심어줘야 배반을 하지 않지만 인색하면 안 된다. 충성심은 강요로 생기는 것이 아니기 때문이다.

오열은 제프의 어깨를 다독여 주고는 아만다에게로 갔다.

오열이 문을 열자 아만다가 뭔가를 하다가 급히 책상 서랍에 넣고는 달려왔다. 하는 짓이 약간 수상했지만 의심할 만한 것은 없었다.

오열은 아만다의 입에 가볍게 입맞춤을 하고 어깨를 잡고 같이 방으로 걸어갔다.

테라스로 정원의 나무들이 보인다. 나무 사이를 오가는 새와 나뭇가지 위에 앉아 있던 작은 다람쥐가 보이더니 이내 사라졌다.

"바빴어요?"

"응. 하지만 늘 네 생각을 했어."

오열의 말에 아만다는 꽃봉오리가 벌어지듯 환한 미소를

지었다. 다정한 눈빛을 반짝이며 오열을 바라보았다.

시간이 지나자 서로는 누가 먼저랄 것도 없이 상대방에게 키스하고 애무하며 침대 위로 쓰러졌다.

격정의 시간을 보냈다. 아만다가 눈을 감자 오열이 그녀에게 팔베개를 해주며 말한다.

"며칠 어딜 갔다 와야 해."

"응? 어딜요?"

"있어."

"늘 가던데요?"

"어."

"알았어요. 그렇지만 땅 파는 것은 아니죠?"

"땅을 어떻게 며칠 만에 파겠어?"

"응, 갔다 와요."

다음 날 아침 일찍 오열은 지니어스 23이 있는 아마스트라스 숲으로 갔다.

7장

새로운 무기

"어서 오게."

이철수 대령이 반갑게 오열을 맞았다.

오랜만에 찾은 우주함선의 모습은 많이 달라져 있었다. 예전보다 한층 활기찬 무엇인가가 지니어스 23을 지배하고 있었다.

"많이 변한 것 같네요."

"하하하, 그게 다 자네가 캐준 광물, 특히 아다티움 때문일세. 게다가 마나석의 발견은 경이로운 것이었지."

"그게 왜……?"

"아다티움 합금으로 보다 진보된 무기를 만들 수 있게 되면서 몬스터를 쉽게 다룰 수 있게 되었네."

"그래요?"

"하하, 자네는 과학자가 아니니까 감이 조금 느리구만. 쉽게 설명해 주지. 아다티움은 지금까지 발견한 금속 가운데 가장 강도가 높네. 강도가 높다는 것은 꼭 좋은 것만은 아니지. 주조에 어려움이 있는데 그 아다티움은 그렇지 않네. 합금을 만들지 않고 그 자체만으로도 충분히 쉽게 만들 수 있고, 또 모나베라 등 다른 금속과도 매우 잘 어울리네. 지구상에서 가장 경도가 높다는 다이아몬드는 강도가 높은 옥으로 치면 금방 부서지지. 아다티움 합금은 경도와 강도가 모두 좋네."

"아! 그래서 어떤 기똥찬 물건을 만들었나 보군요?"

"하하하, 자네는 역시 눈치가 빠르군. 이전에는 없던 굉장한 원거리 무기를 만들었네. 그동안 메탈사이퍼는 원거리에서 거의 데미지가 나오지 않았지. 하지만 이제는 메탈사이퍼에 의해 조작이 가능한 무기들을 만들게 되었지."

"와, 대단한데요. 구경 좀 할 수 있을까요?"

이철수 대령이 약간 멈칫했다. 그리고 이내 헛기침을 하면서 오열을 바라보았다.

그사이 오열은 커피를 한 모금 마셨다. 커피의 짙은 향과 특유의 맛이 그를 즐겁게 해주었다.

"뭐, 괜찮겠지. 우리에게 자네는 남도 아니고."

오열은 이철수 대령의 말에 피식 웃었다.

이철수 대령이 자기에게 이렇게 사근거리는 것을 보니 또 뭔가 부탁할 일이 생긴 것이 틀림없었다. 그리고 부탁이라고 해봐야 어디엔가 있는 광물을 캐달라는 것일 것이다.

그가 지금 지니어스 23에서 누리는 특권은 사실 광물을 캐는 탁월한 재주에 있었다.

일단 광물 개발이라는 것이 캐봐야 확실히 알 수 있다. 광물 탐사 기계로 검사하면 광물이 묻힌 대략적인 위치와 광물의 종류는 나오지만 그게 확실하지가 않다.

그리고 대부분의 광물이 단단한 암석 사이에 박혀 있어 최첨단 장비로도 채굴이 힘들었다.

이철수 대령은 캐비닛에서 광전자 총처럼 생긴 큼직한 것을 가지고 나왔다. 모양은 크고 화려했다.

"이것일세. 자리를 조금 옮기지."

그는 방을 나와 옆방으로 갔다.

오열은 그런 그를 따라갔다. 오열은 중앙에 놓여 있는 검은 물체를 보았다. 아마도 그것을 대상으로 화력 실험을 할 모양이다.

"저 금속이 몬스터의 생체에너지를 능가하는 강도를 가졌네. 강도가 강하다는 것은 깨지지 않는다는 것이지. 경도가 강하면 긁힘이나 흠집이 나지 않는다는 것이고. 다이아몬드는 경도가 강해서 흠집이 나지 않아. 하지만 그 탄소 덩어리는 강한 충격에는 생각보다 잘 깨진다네. 자, 그럼 말보다 한 번 보는 게 빠르겠군."

메탈드워프인 그가 무기에 메탈에너지를 집어넣자 탄창으로 보이는 부분이 밝은 빛을 내면서 번개처럼 돌아갔다. 그리고 펑 하며 섬광이 일더니 총알이 발사되었다.

챙!

경쾌한 소리와 함께 지름이 10㎝나 되어 보이는 철판에 구멍이 뚫렸다.

오열은 그 강력한 관통력에 상당히 놀랐다. 그가 사용하는 스피드건 따위와는 비교할 수 없는 물건이었다.

"좋군요."

"하하, 원거리 메탈사이퍼들에게 희소식이지."

"그렇긴 하지만 아다티움 광물이 그 많은 사람에게 제공할 수 있을 만큼 많이 있나요?"

오열의 말에 이철수 대령이 입을 닫았다.

그도 걱정하는 것이 금속의 희귀성이다. 광물이 지천으로 묻혀 있다는 아마스트라 숲이라 하더라도 특정 광물이 그렇게 많을 리가 없었다.

"그게 문제군요."

"허허허, 그렇지. 그래서 아다티움으로는 무기를 만들기 곤란하고 모나베헴 합금은 그나마 공급이 가능하지 않을까 싶네."

"가격은요?"

이 부분에서도 이철수 대령은 다시 입을 다물었다.

특수 합금으로 만든 무기 가격이 쌀 리가 없었다. 지구에도 없는 희귀 금속으로 만든 무기이니 말이다.

"재벌 아들만 구입할 수 있겠군요."

"허허, 그렇긴 하네. 뭐 그렇긴 해도 거대 길드에서 지원해 주면 불가능하지는 않을 걸세."

"그놈들은 돈독이 제대로 오른 놈들인데 과연 그렇게 할지 모르겠군요."

"……"

이제 오열도 거대 길드가 어떻게 운영되고 있는지 알고 있다. 거대 길드의 마스터가 대부분 몬스터 부산물 산업에 어떤 형태로든 개입되어 있다는 것을.

"탄환은 어떤 것인가요?"

"당연히 두 가지 종류지. 자네가 사용하는 화약이나 독을 주입할 수 있는 탄환과 탄환 자체가 몬스터에게 타격을 주는 것이지."

오열은 이철수의 말에 귀가 솔깃해졌다.

지금까지 거대 몬스터가 나타나면 스피드건을 사용하지 못한 이유는 몬스터의 생체에너지를 뚫고 들어가지 못했기 때문이다.

이런 무기가 있으면 굉장히 편하게 사냥할 수 있을 것으로 보였다.

"남아도는 거 하나 없어요?"

오열은 이 무기가 자신에게 굉장히 필요한 물건이라고 생각했다.

어떻게 해서든지 반드시 하나 구입하고 싶어졌다. 하지만 그런 내색은 전혀 하지 않고 지나가는 투로 슬쩍 물었다.

"아직까지 개발 중인 무기일세. 아주 작은 문제가 있어 수리를 해야 하거든."

"그런데요?"

"그래서 지금 새롭게 설계를 하고 있는 물건이 있지. 이놈보다 훨씬 작고 위력은 배는 되지. 크기가 작아지는 만큼 휴대성도 높아지고 아다티움 금속은 더 적게 들어가니 더 많은 무기를 만들 수 있네."

"성능은 좋아지는데 가격은 내려간다? 기술의 진보네요."

"하하, 그렇지 않네. 가격이 싸진 이유는 이철 국왕 전하께서 명령을 내렸기 때문이야. 사실 가격의 대부분은 메탈드워프의 수고비지. 물론 세금도 있고. 이번에는 우리 메탈드워프들도 국왕 전하의 명령에 전적으로 동의했네. 지금 한국은 몬스터의 출몰로 수천 명이 희생당했는데 국민의 안위가 가장 중요하다는 전하의 말씀은 옳으신 것이지. 그래서 한시적으로 싸게 공급하려는 것이야."

이철수의 말에 의하면 메탈드워프들도 이번에는 자신들의 수고비를 적게 받고 정부도 특소세와 같은 세금을 인하해 준다는 말이었다.

오열은 이 좋은 기회를 놓칠 수 없었다.

"뭐 이런 무기는 당연히 제게 제일 먼저 넘겨야 하는 거 아시죠?"

"어? 허허, 그거야 물론이지. 그런데 말이야⋯⋯."

"지금은 바빠서 안 되고요, 가능한 빠른 시일 내에 땅굴 하나 파드릴게요."

오열의 말에 이철수 대령의 얼굴이 환해졌다.

"역시 자네는 말이 잘 통해. 하하하하!"

이철수 대령은 기분이 좋은지 목젖까지 드러내며 웃었다.

"아참, 생명체의 포탈은 잘돼가고 있나요?"

"자네가 에너지스톤을 캐줘서 실험이 매우 빨라졌네. 고양이에서부터 침팬지, 사람까지 모두 실험을 해봤네. 모두 성공했네. 하지만⋯ 임상실험은 적어도 10년은 해야 그 안전성을 인정받을 수 있다는 맹점이 있네. 지금은 괜찮아도 나중에 어떤 후유증이 생길지 모르니 말일세."

우주함선의 연합군은 전쟁이 발발하고 있는 오스만 왕국에서 돈을 지불하고 노예를 사와 실험했다.

비윤리적인 행위이긴 해도 다른 방도가 없기에 취해진 조치였다. 물론 UN의 승인도 있었다.

오열은 이철수 대령의 말을 듣고 희망을 가졌다.

생각보다 포탈에 대한 연구가 빠르게 진행되고 있는 것이다.

그것은 우주함선에서 고국으로 돌아가고 싶은 열망을 가진 사람이 많았기 때문이다.

4개 연합군이 함께 모여 포탈 연구를 하면 더 빠른 시일 내에 성과가 나오겠지만 그렇게 하지 않는 이유는 비록 연합군이지만 서로가 경쟁자들이기도 하기 때문이었다.

오열은 이철수 대령과 많은 이야기를 나눴다. 서로 필요한 관계라 대화 내용이 훈훈했다.

"그래서 이제 어떻게 할 터인가?"

"지구에서 '용의 기사단'에 가입하게 되었습니다. 새로 나타난 몬스터는 정말 끔찍할 정도로 강하더군요. 힐러들이 없었다면 대규모 사망자가 나왔을 것입니다."

"허허, 그 정도란 말이지. 그래서 국왕 전하께서 그런 결단을 내리신 것이로군. 이거 참 힘들겠군. 지구의 금속으로는 메탈아머의 성능을 향상시키는 데 문제가 많네. 즉, 마정석으로 방어력의 강도를 높이는 것인데 지구에서 나오는 금속으로는 좋은 아머를 만들기가 힘들어. 사실 이 행성에 퍼져 있는 광물을 모두 개발하는 것도 문제가 있네. 이 행성도 우리가 찾아낸 것이 아니라 자력폭풍에 의해 표류하다가 우연하게 불시착한 것에 지나지 않으니 병력을 동원하는 데 한계가 있네."

"그 말은……?"

"이 아마스트라스 숲을 벗어나면 광물을 조사할 인력이 턱없이 부족하네. 무인탐사기를 보내고 싶긴 한데 이 행성에는 비행몬스터가 많아 그것도 여의치가 않지. 결국 네 나라가 힘을 모으거나 우주함선을 수리하지 않으면 다른 지역의 광물 탐사는 거의 불가능에 가깝네."

"조금 이상하군요. 탐사선에 스텔스 기능이 없나요?"

"있기야 하지. 문제는 비행기를 움직이는 동력원이지. 대부분의 무인탐사기는 이런 상황을 가정해서 만든 것이 아니네. 탐사선의 주변에 그것을 통제하는 전문 인력이 있다는 전제로 만들어진 것이지. 그리고 탐사선은 고속 비행을 위해 만들어지지도 않아서 비행몬스터의 공격에 대단히 취약한 구조를 가지고 있어."

오열은 이철수 대령의 이야기를 듣고 몇 가지 사실을 알 수 있었다.

우주함선의 상황이 그다지 좋지 않고 뛰어난 기술을 가지고 있음에도 불구하고 우주함선을 아직 고치지 못하고 있다는 것.

사실 난파된 우주함선치고는 상태가 대단히 양호하다고 말하는 것이 옳을 것이다.

그런데 메인 동력으로 쓰이는 양자봉의 파괴는 치명적이었다.

지금 우주함선이 유지되고 있는 것은 각국에 따로 가지고 있는 보조 동력원을 가동하면서 돌아가고 있는 상황이었다.

다행한 것은 이곳 아마스트라스 숲에 대체 에너지가 엄청 많다는 것이다.

몬스터에게서 나오는 마정석과 에너지스톤 등으로 메탈드워프가 연료로 만드는 것은 어려운 일이 아니었다.

"사실 메탈드워프들이 무기를 잘 만들지 않는 것은 몬스터의 수급 상황과 맞물려 있네."

"그게 무슨 말씀이신지?"

"지금까지 지구에서는 몬스터보다는 메탈사이퍼가 월등히 많았네. 이게 무슨 소리인지 알겠는가?"

"글쎄요. 빡세게 열심히 사냥해야 한다는 것 정도요?"

"하하하, 그것은 몬스터 헌터의 입장에서 보는 것이고, 사회적인 메커니즘으로 본다면 이런 심각한 수급 불균형은 사회를 혼란스럽게 만들 수 있네. 따라서 무기와 장비를 통해 적절하게 인간의 욕구를 조절하는 것이지."

"흠, 돈 없는 놈은 빠져라?"

"냉정하게 들릴지 몰라도 그것이 사회인 비용을 가장 적게 지불하는 방법이기도 하네. 물론 메탈드워프들이 게으르기도 하고 탐욕이 강해서이기도 하지만 이런저런 상황이 맞물려서 일어난 현상이지."

"그럼 지금부터는 메탈드워프들도 빡세게 장비와 무기를 만들겠네요."

"그렇지. 국민의 안전에는 우리 메탈드워프도 포함되어 있으니까. 지금 나를 보게. 이 뉴비드 행성에서조차 지구의 무기를 걱정하지 않는가!"

"뭐 전 그딴 복잡한 것은 몰라요. 내게 가장 쌈박한 것을 만들어줘요."

"하하, 알았네. 그런데 자네가 가지고 있는 에너지스톤과 마나석을 팔아주게."

"다 썼어요."

"허허, 그러지 말게. 자네도 포탈의 발전에 꽤나 관심이 있는 것 같은데, 그것은 다량의 에너지스톤 없이는 불가능하다네."

"정부는 너무 싸게 매입해서 돈이 안 돼요."

"허허허, 대신에 내가 자네가 필요한 것은 아주 싸게 만들어주고 있지 않은가?"

오열은 이철수 대령의 말에 고개를 끄덕였다.

그가 만들어준 아다티움아머가 아니었다면 타이거 타란툴라의 독액을 맞고 큰 부상을 입었을 것이다.

오열이 고민하고 있는 것을 알아챈 이철수 대령이 빠르게 손에 아다티움으로 만든 총을 넘겨주었다.

"이것보다 두 배는 더 강력한 놈으로 만들어주지."

"아, 뭐 그러시다면 몇 개 팔죠. 언제까지 만들어줄 수 있어요?"

"하하, 가능한 가장 빨리 만들어주겠네."

이야기는 순조로웠다.

오열은 우주함선에 한 번씩 들를 때마다 유용한 정보를 얻곤 했다.

지구의 상황은 이곳 뉴비드 행성에서조차 걱정할 정도로 악화되어 있었다.

상대적으로 이곳 행성이 더 안전하다고 느껴질 정도였지만 사실은 결코 그렇지 않았다.

지금도 바티안 왕국과 오스만 왕국의 전쟁과 몬스터에게 죽는 사람들이 지구보다 몇십 배, 아니, 몇백 배는 더 많았다.

이곳에서 정착해서 살아간다면 지금보다 훨씬 더 많은 문제가 생길 것은 명확했다.

오열은 이철수 대령과 이야기를 하면서 지구의 운명에 대해 걱정하기 시작했다.

동일한 몬스터가 있지만 왜 지구의 몬스터가 더 강하고 더 흉포한지 이해할 수 없었다.

이곳의 오우거조차 오열은 아주 가볍게 잡을 수 있다. 그런데 지구의 오우거는 A급 몬스터로 분류되어 있고 혼자 잡을 수 없는 강력한 몬스터이다.

몬스터의 기원이 이곳 뉴비드 행성과 아주 관련이 없는 것 같지는 않았다.

너무나 모든 것이 비슷했기 때문이다.

몬스터의 행동 패턴이나 몬스터의 몸속에 있는 마정석까지 모두 일치했다. 단지 지구에 나타난 몬스터가 더 강했다.

'뭔가가 일어나고 있는 거야. 지구는 이제 몬스터와의 일전을 피할 수가 없어. 그러면 나는 이제부터 어떻게 해야 하나?'

오열은 나지막하게 한숨을 내쉬었다. 이런 복잡하고 무거운 주제에는 어울리지 않는 그인지라 생각을 바로 다른 것으로 옮겼다.

　　　　　*　　　*　　　*

　　오열은 지구에서 포탈로 부친 물건들을 찾았다. 운송료가
무지막지하게 비쌌지만 공돈이 생긴 탓에 만용을 부려봤다.
그래서 안 하던 짓을 한 것이다.

　　'좋아할까?

　　오열은 피식 웃었다.

　　여자가 화장품을 좋아하지 않을 이유가 없다. 더구나 명품
악어백은 디자인이 샤방샤방하다.

　　남자가 강한 것 같아도 알고 보면 실속은 여자들이 다 챙긴
다. 그리고 가정의 권력도 대부분 여자가 쥐고 있으면서 겉으
로만 남자에게 있는 것처럼 보이는 경우가 태반이다.

　　오열은 스스로 공처가의 길을 걷고 있었다.

　　아만다가 처음 먼저 좋아한 죄로 약하게 나갔는데 삐치는
경우가 많아지자 권력의 향배가 완전히 아만다에게로 넘어가
버렸다.

　　오열은 집으로 돌아오자마자 아만다에게 화장품을 줬다.

　　"이게 뭐예요?"

　　"피부에 바르는 거야."

　　"화장품이에요?"

"어, 맞아."

오열은 아만다가 화장품이라고 하자 이곳 여자들도 화장을 하는 것을 처음 알았다. 아만다는 포장을 풀고 화장품을 봤다.

"병이 예뻐요."

당연한 일이다. 명품 화장품이니 포장이며 병이 아주 예술이다.

"가장 순한 것이니까 발라도 피부 트러블은 일어나지 않을 거야."

"피부 트러블이 뭐예요?"

"화장이 안 받는다는 거. 이 화장품은 아주 비싸고 순한 것이라 피부에 좋아."

오열은 남자라 화장품을 어떻게 쓰는지 몰랐다.

자연 아만다도 사용법을 알 수 없어서 오열이 설명서를 읽어주고 나서야 아만다가 이해를 했다.

'다음부터는 이런 건 사오지 말아야겠군.'

오열이 명품 악어백을 주자 아만다가 너무나 좋아하며 방방 떴다.

역시 여자들은 지구나 뉴비드 행성이나 백을 좋아하는 공통점이 있었다. 빨간색 악어백은 정말 예뻤다.

"와, 너무 예뻐요!"

벌써 30분이나 가방을 들어보며 예쁘다고 감탄한다. 오열은 백 하나에 자신이 꾸어다 놓은 보릿자루 신세가 되자 선물도 함부로 할 게 아니라는 생각이 들었다.

평소라면 이렇게 즐거워하는 아만다를 보면 몸이 뜨거워져 참지를 못하고 덤벼들었을 텐데 오늘은 마음이 무거워서인지 그런 기분도 들지 않았다.

지구가 몬스터의 위험으로부터 자유롭지 못하게 되었다. 책임감이나 정의감에 넘쳐서 걱정하는 것이 아니다.

먹고살 만해지니 행패를 부리는 놈들이 나타난 것이 싫을 뿐이다. 이제 몬스터를 사냥하는 것은 돈을 벌기 위해서가 아니라 생존이 목적이 되었다.

오열이 소파에 앉아 생각에 잠겨 있자 아만다가 다가와 키스를 했지만 마음이 동하지 않았다. 아만다도 생각이 없는지 이런저런 이야기만 쫑알거렸다.

아만다는 목소리가 듣기 좋다. 소프라노에 찢어지는 음색을 가진 여자들이 간혹 있는데 아만다는 오히려 중저음에 가까웠다.

그래서 그녀의 목소리는 듣기 좋았고 아름다운 얼굴은 더 보기 좋았다.

*   *   *

오열은 비가 추적추적 내리는 밖을 바라보았다.

던전 사냥은 비와 상관이 없기에 차를 몰고 수색으로 갔다.

오열은 비를 좋아한다. 이런 날에는 기분이 감성적이 되어 커피를 마시거나 술이 먹고 싶어진다.

그러면서도 이렇게 비로 인해 질척거리는 도로가 좋았다. 와이퍼에 빗물이 쓸려가는 모습도, 싸늘한 공기도 좋았다. 전조등에 은색 물방울이 파닥거리는 모습도 좋았다.

'이런 날에는 몬스터가 날뛰지 않겠지?'

나흘 만에 던전 사냥을 하는 터라 약간의 기대도 되었다.

차에서 내려 우산을 들고 던전으로 갔다. 우비가 따로 있지만 거리가 얼마 되지 않아 우비를 걸치는 것이 귀찮았다.

입구에는 대부분의 파티원이 기다리고 있었다.

"야, 오열! 오늘은 왔네?"

"어서 와."

오열은 아무 말도 하지 않고 미소를 지으며 그들을 바라보았다.

"아, 오늘 같은 날은 막걸리에 파전이 당기는데."

"막걸리? 요즘도 그거 파나?"

"으흐흐흐. 당연히 밀주지."

"야, 어디서 파냐?"

막걸리를 찾는 사람이 별로 없어 막걸리 회사들이 망했다.

그러나 아주 가끔 막걸리를 찾는 사람들이 있어 불법으로 막걸리를 파는 사람들이 간혹 있었다. 당연히 곡물로 만들 술이라 비쌌다.

"여, 오열. 나흘 만인데 얼굴이 좋아 보이네?"

민충식의 말에 여자들의 눈이 빛난다.

조각 같은 외모가 비가 오는 날에도 조금도 빛을 잃지 않는다.

다소 부드러워지기는 했지만 여전히 거만한 눈, 우수에 찬 과묵함, 놀라운 사냥 솜씨 등 어느 하나 부족한 것이 없다.

파티원 중에서 은근히 추파를 던져도 꿈쩍을 하지 않으니 오히려 여자들의 몸이 달아오른다.

"이제 가죠. 다들 왔으니. 오늘 당번은 조성록과 오종철이죠?"

"맞습니다."

조성록과 오종철만 남고 모두 던전으로 들어갔다.

"그런데 새로 생긴 그 징집령, 어떻게 되는 거야?"

"그게 국왕 전하께서 내린 명령이라 콜이 오면 무조건 튀어가긴 해야 할 거야. 우리야 뭐 원래부터 하던 것이니까 상관은 없지만."

"몬스터 조기경보시스템이 정착되기 전에는 시도 때도 없이 징집당할걸."

파티원이 이야기하는 사이 어느덧 사냥터에 도착했다. 사냥터는 여전히 사람들로 붐볐다.

"요즘은 어째 몬스터들이 더 설치는 것 같아."

"그러게. 3일 사이에 몬스터가 더 많아졌어."

오열은 파티원의 이야기를 들으며 뭔가 이상하다는 느낌이 들었다. 눈치하면 그였다.

왜 몬스터가 나오는지, 그리고 갑자기 왜 이렇게 강해졌는지 알 수가 없다.

문제는 300년 전에 떨어진 유성에 있었다. 유성이 만들어 놓은 크레이터에는 카오스에너지로 인해 어떠한 사람도, 기계도 접근이 불가능하다.

'가만, 왜 크레이터에서 직접 카오스에너지를 채취하지 않는 것이지?

오열은 이해가 가지 않았다. 메탈드워프라면 충분히 카오스에너지를 채취할 수 있을 것이다. 그런데도 하지 않았다는 것은 자신이 알지 못하는 뭔가가 있다는 것이다.

'그게 뭘까?

그러고 보니 몬스터와 크레이터에 대해 알려진 바가 거의 없다.

왜 지구에만 이런 현상이 나타나는지 의아했다. 뉴비드 행성의 몬스터들은 주로 인적이 드문 산에만 있는데 말이다.

'흠, 몬스터의 기원에 대해 조사를 해봐야겠구나.'

오열이 팔짱을 끼고 생각에 잠긴 사이에 파티원은 마리터스를 사냥하고 있었다.

이제는 짝퉁 오우거 사냥에 익숙해져서 별로 허둥대지도 않고 쉽게 잡곤 했다. 확실히 실력만큼은 탁월한 사람들이었다.

한 마리를 잡고 쉬는데 한 무리의 사람이 몰려왔다.

오열은 그들을 바라보았다. 가디언스 길드의 마크가 가슴에 새겨진 것이 보였다. 탱커이자 리더인 장준식이 긴장한 채 그들을 바라보았다.

"안녕하십니까? 가디언스 길드의 가민채라고 합니다."

콧수염을 멋지게 기른 그는 정중한 어조로 인사를 해왔다. 장준식이 얼떨결에 마주 고개를 숙이며 인사했다.

"오늘 부로 이곳 던전을 저희 가디언스 길드가 관리하기로 했습니다. 저희가 관리를 한다고 하더라도 이전과 달라지는 것은 없습니다. 다만 몬스터 부산물을 처분하실 때 저희 길드와 연관이 있는 대성실업에 해주셨으면 합니다."

"그것은 지금도 그렇게 하고 있습니다."

"예, 저도 들어 알고 있습니다. 고맙습니다. 사냥을 하시다가 저희 길드의 도움이 필요한 일이 있으면 주저 마시고 불러 주십시오."

"알겠습니다."

가디언스 길드원들이 돌아가자 긴장하고 있던 파티원은 그제야 안도의 한숨을 내쉰다. 겨우 사냥에 적응했는데 쫓겨나면 갈 데가 마땅치 않았다.

"역시 가디언스 길드는 그래도 매너는 있네."

"개념 길드라고 하더니 조금 다르긴 하네."

"그래 봤자 얼마 안 남았어. 이곳도 곧 가디언스 길드원들이 속속 진출할 거야. 물론 다짜고짜 쫓아내진 않겠지. 하지만 거대 길드가 무서운 것은 24시간 사냥을 한다는 것이야. 서로 교대하면서. 우리 중에서 밤새워서 사냥할 자신이 있는 사람 있어?"

장준식의 말에 모두 고개를 돌린다.

몬스터 사냥에 익숙해진 것이지 그렇다고 위험하지 않은 것은 아니다.

그런데 어떻게 밤을 새워가며 사냥을 할 수 있겠는가. 당연히 하루 이틀 사냥하는 날이 겹치다가 보면 자연스레 거대 길드의 사냥터 잠식 현상이 일어난다.

왜냐하면 그들은 밤새워서 사냥을 하기 때문이다. 사냥을 하고 있는 거대 길드원에게 자신들의 자리이니 비켜달라고 할 수 없는 법이다.

물론 그들은 별다른 말을 하지 않아도 먼저 사냥했던 팀이 오면 자리를 비켜준다.

　하지만 시간이 지나면 자연스레 먼저 사냥하던 파티원이 자리를 옮기게 된다.

　사냥터 통제라는 것이 꼭 무력으로 할 필요는 없다. 조금 번거롭지만 말썽을 일으키지 않고도 충분히 사냥터를 넓혀갈 수 있기 때문이다.

　"그러니 돈을 딴 데 쓰지 말고 착실히 모아야 할 거야."

　"그렇지 않아도 허리띠를 졸라매고 있다."

　점심을 먹고 막 사냥을 시작하려는데 무전으로 호출이 왔다.

　"아, 젠장! 비 오는 날에!"

　사람들이 불평을 터뜨렸다.

　비 오는 날에 도심지에서 몬스터 사냥을 하는 것은 유쾌하지 않은 일이다. 귀찮은 일이다. 오열은 파티원을 따라 던전 밖으로 나왔다. 역시 밖에는 나이트윙이 기다리고 있었다.

　"젠장, 빌어먹을."

　"좆 됐어!"

　"그래도 점심은 먹었잖아. 저번에는 밥도 못 먹고 일했잖아."

　"자, 잔말 말고 가자고."

스카이윙을 타자 예의 홀로그램이 펼쳐지며 몬스터에 대한 정보가 들어왔다.

"요즘 너무 자주 몬스터가 날뛰는 거 같지 않아? 일주일도 안 됐는데 또 나타나고 말이야."

"용의 기사단도 인원을 대대적으로 뽑고 있다고 하니까 시간이 좀 지나면 나아지겠지."

남자들의 얼굴은 그래도 욕을 하고 나서인지 다소 괜찮아 보였다.

하지만 여자들은 전혀 그렇지가 않았다. 비를 맞을 생각을 하니 벌써부터 기분이 나빠진 듯 뾰로통하다.

스카이 윙이 하늘을 날았다.

5분 만에 도착한 곳은 관악산이었다. 이곳에도 던전이 있어 먼저 차출된 메탈사이퍼들이 몬스터를 상대하고 있었다.

"워, 저건 또 뭐야?"

창문으로 본 몬스터는 구더기같이 생겨 꿈틀거리고 있었다. 애벌레같이 생긴 몬스터가 한번 움직이면 메탈사이퍼들이 도망가기 바빴다. 이건 뭐 상대도 되지 않고 옆에서 깔짝대고 있는 것이다.

"워, 역시 거대하네."

나이트윙에서 내려 가까이 다가가니 녹색의 애벌레가 빠르게 움직이고 있었다.

빗줄기는 시간이 갈수록 굵어졌다. 출발할 때만 하더라도 이렇게 많은 비가 내리지 않았는데. 오열은 인상을 쓰며 앞을 바라보았다.

"아, 이런 날에는 힐이 잘 들어가지 않을 텐데."

힐러 이나연이 중얼거렸다.

여자들, 특히 힐러들이 아까부터 인상을 구기고 있던 이유가 이것 때문인 것 같았다. 힐이 잘 들어가지 않으면 그만큼 파티는 위험해진다.

녹색 애벌레를 피해 이리저리 갈팡질팡하는 것도 다 힐러의 힐이 약하게 들어가서인 듯했다.

어쨌든 파티원이 죽거나 다치면 힐러들은 자신의 책임으로 느낀다.

오열은 한숨을 푹 내쉬었다. 몬스터는 관악산에서 내려온 듯 주차장에 세워놓은 차가 모두 파괴되었다. 외제차가 대부분이었다. 그중에는 수십억이 나가는 차도 있었다.

'어떻게 한다?'

마취제는 수중에 없다. '설마 오늘 나오겠어?' 하고 방심했는데 바로 뒤통수를 맞았다.

물론 아다티움으로 만든 총은 가지고 왔다. 총알도 열 발밖에 안 되는데 마취제를 쓰지 못한다면 난감했다. 어그로는 당연히 자신에게 튈 것이다.

'네오 23을 사용할까?'

고개를 좌우로 흔들었다. 저 몬스터를 잡아 혼자 먹는다면 그러겠지만 잡아봐야 n분의 1로 나눈다.

저번처럼 재료비를 과다 청구하는 수밖에 없는데 그것도 별로 실속이 없다. 물론 도축을 하면 좀 생기는 것이 있기는 하다.

―3조는 대기하라!

오열이 보니 탱커의 어그로가 먹히지 않고 있었다. 자연 힐러들만 죽어나고 있었다.

최악의 날이다. 비는 억수로 쏟아지고 있다. 그런데 몬스터를 방치하면 주변 인가와 멀지 않아 곤란한 일이 발생할 것이다. 오열은 허망하게 몬스터를 바라보았다.

녹색의 표피에 입이 매우 큰 괴물이었다.

어떻게 저런 몬스터가 생겨날 수 있을까 할 정도로 몬스터는 이상하게 생겼다.

이빨이 강철처럼 단단해서 메탈사이퍼들의 에너지소드를 모두 튕겨내고 있었다. 몬스터의 가죽도 아주 단단한지 메탈사이퍼들의 공격 또한 무위로 돌아갔다.

"이자록스래."

"뭐가?"

"저 애벌레 이름이."

"생긴 것과 달리 이름은 엘레강스하네."

오열의 말에 사람들이 웃었다.

비는 여전히 쏟아지고 있었고, 애벌레와 메탈사이퍼와의 술래잡기는 계속되고 있었다.

오열은 팔짱을 끼고 몬스터와 싸우는 모습을 바라만 보았다.

저번에 몬스터가 난동을 부릴 땐 목숨을 걸고 몬스터를 죽였지만 그것에 대한 특별한 보상은 없었다. 40억을 재료비로 청구한 것 외에는. 그것이 화가 났다.

몬스터를 보고 본능적으로 덤빈 자신이 어리석은 행동을 한 것은 맞지만 지금의 분배 방식에는 절대로 동의할 수 없었다.

공헌을 많이 한 사람에게 많은 배당을 줘야 공평하다. 무조건 n분의 1로 나누는 것은 야만스러운 행태다.

정부는 메탈사이퍼를 강제로 동원하여 몬스터를 상대하게 했으면서 그 노동에 대한 배려가 없다.

국민의 안전을 지키는 데 메탈사이퍼라면 모두 나서야 하는 것은 당연한 일. 하지만 그것도 정도라는 것이 있다.

이런 식이면 목숨 걸고 싸울 필요가 없다. 시간만 끌다가 누군가가 몬스터를 죽여주면 배당을 받으면 끝이다.

―3조는 1조와 교대한다. 비가 오니 각별히 조심하도록 하라. 이자록스는 어그로가 잘 잡히지 않는 몬스터이므로 힐러들이 특별히 주의를 기울여야 한다. 조심하도록 하라!

마침내 오열이 속한 조가 전투에 투입되었다.

문제는 재래식 무기가 통하지 않는 몬스터인데 어그로가 잡히지 않으니 대처할 방법이 없다는 점이다.

더욱이 오늘은 비가 와서 힐러들의 행동이 느려졌고, 힐이 중간에서 낭비되는 양이 많아 힐러들은 평소보다 쉽게 지쳤다.

오열은 부스터를 켜고 몬스터에게 다가갔다.

가까이서 보니 크기가 장난이 아니었다. 녹색의 가죽이 꿈틀거리면서 빗줄기 사이로 매캐한 냄새가 났다.

오열은 그 냄새를 맡자 순간적으로 다리에 기운이 쭉 빠졌다.

"젠장, 위험해! 호흡을 참아!"

뒤늦은 경고에 오열은 내력을 끌어올려 다리에 힘을 넣고 뒤로 물러났다.

녹색의 피부에서 검붉은 연기 같은 것이 피어오르는데 아주 미세하여 가까이에서밖에 보이지 않았다.

이런 것은 밖에서 대기할 때 지시 사항으로 미리 언급해 주어야 하는 것이다.

현장과 지휘부의 커뮤니케이션이 원활하지 못해서 나타난 현상이었다.

이자록스가 특별한 공격력이 강하거나 하지 않은 것은 다행스러운 일이지만 어그로가 잡히지 않고 가죽에 흐르는 생체에너지가 너무 강해 메탈사이퍼들의 에너지소드가 튕겨져 나왔다.

이자록스는 아주 강력한 체력형 몬스터라서 지치는 것은 메탈사이퍼들이었다.

이런 식으로 하다가는 한도 끝도 없을 것 같았다. 무엇보다도 내리는 비가 문제였다.

'약점이 별로 없어.'

오열은 이자록스를 보며 이것이 정말 애벌레라면 도대체 이놈이 크면 뭐가 될까 생각하니 상상이 가지 않았다.

크기로만 보면 전설에나 나오는 드래곤이라도 되어야 할 정도로 거대한 애벌레였다.

"야, 비켜!"

"시바, 어디로 비켜, 탱커의 어그로가 안 먹히는데?"

"아놔, 뭐 이런 개 같은 몬스터가 있어?"

파티원은 욕을 하면서 이자록스의 후면으로 가려고 노력했다.

몬스터 사냥이 아니라 술래잡기라도 하는 것 같았다. 방법이 없었다. 어그로가 잡히지 않는데 정면에서 공격할 수는 없기 때문이다.

게다가 몬스터가 풍기는 냄새 때문에 가까이 접근할 수도 없는데 몬스터는 막아야겠고.

결국 시간을 끌다가 물러나기를 반복하였다.

그나마 다행스러운 것은 몬스터가 단순해서 메탈사이퍼들이 앞을 막고 있으니 도심을 향해 가려는 낌새가 보이지 않는 정도였다.

오열이 속한 3조가 물러나자 가장 먼저 지친 사람은 역시나 힐러들이었다.

그들은 제대로 서 있지도 못하고 거의 바닥에 주저앉아 숨을 헐떡거렸다.

"정말 대책이 안 서는 놈이군."

"일단 비라도 그쳐야 해."

오열과 일행은 겨우 비를 가린 천막에서 쉬면서 이야기를 나눴다. 그때 비는 천둥소리까지 동반하며 더욱 거세게 쏟아졌다.

"젠장, 비가 더 쏟아지네."

"언젠가는 그치겠지. 그때 승부를 봐야 해."

"징집되어 오는 메탈사이퍼들은 훈련을 받지 않았기에 큰 도움은 되지 않을 것이야."

"참나, 애벌레 한 마리에 이렇게 개고생을 할 줄 몰랐네."

"그러게 말이야."

아직까지는 메탈사이퍼를 위한 혁신적인 무기가 개발되지 않았기에 이렇게 몸으로 때워야 한다.

전투에 대한 경험이 쌓이고 장비가 신형으로 교체되면 그때는 조금 더 수월하게 사냥할 수 있으리라.

문제는 장비가 교체되는 속도보다 몬스터의 출몰하는 속도가 너무 빠르다는 점이다.

오열은 이철수 대령과의 이야기를 통해 메탈드워프들이 새로운 장비를 만드는 데 애를 쓰고 있다는 사실은 알고 있지만 지구에 있는 재료로는 좋은 장비는 어림도 없었다.

이런 경우 마정석을 많이 넣어서 방어력을 향상시키는 것이 가능한데 이 역시 효율성이 떨어지니 쉽지가 않았다.

오열이 포함된 3조는 두 시간 뒤에 다시 한 번 더 투입되었다. 오열은 이번에는 절대로 나서지 않을 생각이었다.

이번 몬스터는 운이 좋게도 도심으로 가기 전에 발견되어 피해도 별로 없었다. 일반 국민이 죽어가는 것도 아닌데 괜히 잘났다고 나서는 것은 뻘짓이다.

시간이 지나면서 하늘에서 구멍이 뚫린 듯 세차게 내리던 비도 잦아들었다.

그러자 애벌레의 움직임이 느려지기 시작하더니 이제까지

와는 반대로 메탈사이퍼들의 공격을 피해 도망가기 시작했다.

"어라? 뭐지, 이 상황은?"

"와, 이제부터 본격적인 다굴이다!"

일부의 메탈사이퍼가 이자록스가 도망가는 것을 보고 나섰다가 순식간에 세 명이나 되는 메탈사이퍼가 치명적인 부상을 입었다.

비가 올 때는 몰랐는데 그치고 나니 애벌레의 행동이 더 빨라졌다. 이전과는 비교할 수 없는 속도였다.

공격을 하던 메탈사이퍼들의 행동도 일순간 멈췄다.

단 한 번의 공격이었는데 세 명이나 되는 메탈사이퍼가 허공으로 튕겨져 날려가더니 바닥으로 굴렀을 때에는 거의 회복 불가의 타격을 받았다. 힐러들의 힐이 없었다면 아마 즉사했을 것이다.

"뭐지?"

오열은 묘한 위화감을 느꼈다. 다섯 시간이나 지루하게 대치하던 그 몬스터가 아닌 듯했다.

─공격 중지! 공격 중지!

전략상황실에서도 뭔가 이상한 것을 눈치채고 공격 중지 명령을 내렸다.

이자록스는 느릿느릿 왔던 곳으로 되돌아갔다.

"이게 뭐지?"

"젠장! 이거 뭐야?"

"풍기는 포스가 아까와는 완전 달라졌어."

사람들이 모두 이 특이한 상황에 대해 떠들기 시작했다. 일찍이 몬스터 중에서 이런 경우는 없었다.

전략상황실에서 공격 중지 명령을 내린 이유는 이곳에 모인 대부분의 사람들이 지쳐 있고, 민간인 메탈사이퍼가 많이 참여해서 사망자가 나오면 문제가 될 상황이었기 때문이다.

이자록스가 도망가자 모두 그 자리에서 기운이 빠져 주저앉았다.

도대체 몬스터의 HP가 얼마인지 감이 오지 않았다. 그렇게 많은 시간을 상대했지만 몬스터의 표피조차 제대로 벤 사람이 없었다.

"아까 그 애벌레가 다 성장한 것일까, 아니면 더 자랄까?"

"그러게. 나도 그게 궁금하네."

"만약 저게 다 자란 것이 아니어서 추후에 변이를 거친다면 상상만 해도 끔찍하네."

"그러면 왜 공격을 멈추게 한 것이지?"

"지금 주위를 둘러봐라. 전투를 할 수 있는 힘이 남아 있는 사람들이 몇이나 되는지."

장준식의 말에 사람들은 주위를 돌아다보았다.

자신들뿐만 아니라 다른 사람들도 대부분 바닥에 널브러져 있었다. 전투가 불가능한 상황이었던 것이다.

"이상한 놈이었어. 가까이 다가가서 싸우려고 해도 몬스터의 몸에서 나오는 냄새를 맡으면 저절로 기운이 빠져버리니 대응을 못했던 거야."

"아까 그놈, 얼마나 강해져서 나타날까?"

"아이고, 생각만 해도 앞이 깜깜하군."

"꼭 그렇지만도 않아. 무엇으로 변이를 마치느냐의 문제지. 애벌레에서 나비로 변이를 하면 오히려 무해하잖아."

"그건 아닌 것 같아. 나비는 몬스터가 아니잖아. 애벌레 자체가 저렇게 끔찍한 몬스터인데 자란다면 절대 그렇게 무기력한 몬스터로 진화하지 않겠지."

"걱정이다."

"정부에서도 뭔가 대책이 있겠지."

몬스터 사냥은 이로써 끝났다.

오열은 일어났다. 허리도 아프고 다리도 무거웠다. 전투를 더 할 수는 있었지만 그렇다고 몬스터를 처치할 수 있을 것이라는 생각은 들지 않았다.

왜 이렇게 강한 몬스터가 나타났는지 이해가 되지 않았다.

전략상황실에는 수십 명의 사람이 모여 오늘 나타난 신종

이자록스에 대한 회의를 하고 있었다.

장진택 준장은 오늘 이자록스에 대한 공격 중단을 내린 것에 대해 의견을 수렴하고 있었다.

"그 상황에서 전투 중지를 내린 이유는 무엇인가?"

전투 중지를 내린 한민호 대령이 자신의 차트를 보며 대답했다.

"솔직하게 말씀드리면 오늘 전투에 참가한 사람들이 모두 죽는다 해도 그 몬스터를 처치할 수 있다는 확신이 들지 않았습니다. 몬스터의 생명력은 지금까지 나타난 몬스터와는 격이 달랐습니다. 게다가 메탈사이퍼들이 몬스터의 곁에 제대로 접근도 하지 못한 상황에서 시간만 흘러갔습니다. 무엇보다도 힐러들이 지쳤습니다."

"하지만 이번에 그놈을 놓아준 것은 후에 어떻게 변이를 마칠지 예상도 할 수 없지 않나요?"

"이것을 아셔야 합니다. 오늘 전투에 참가한 사람들 중 대부분의 사람은 자신의 의사와는 관계없이 징집을 당해서 온 민간인입니다. 만약 그들이 필요 이상으로 다치거나 사망을 하게 된다면 이철 국왕전하가 내린 명령에 대한 사회적인 반발이 나올 것입니다."

"그것은 맞습니다. 또 하나의 문제는 전략의 부재입니다. 지금까지 나타난 몬스터 중에는 체력형은 거의 없었습니다.

그래서 과거에는 피해도 많이 당했지만 쉽게 제거를 할 수 있었습니다. 하지만 오늘은 탱커가 어그로를 잡지 못하였고 이럴 때에는 어떻게 해야 한다는 매뉴얼도 없는 상태입니다."

"몬스터가 도심으로 진입하지 않은 것도 문제였습니다. 피해가 미미한 상태인데 체력이 거의 빠진 능력자들에게 계속 전투를 시키는 것은 위험이 너무 높았습니다."

"용의 기사단은 어떻습니까?"

"실력은 탁월합니다. 다만 그들이 가지고 있는 장비가 신통치 않아서 실력을 제대로 내보일 수 없었던 것이지요."

"망할 국회에서 예산을 통과시켜 주지 않아서 그런 것입니다. 지들이 싸우는 것이 아니라고 갑갑하게 나오니."

"왜 예산이 통과되지 않은 것이죠?"

"지난해에는 몬스터의 출몰이 별로 없었고 쉽게 제압이 되었었기 때문이랍니다."

"관을 봐야 눈물을 흘릴 분들이구만. 국민을 위해 목숨을 걸고 싸우는 능력자들에게 이게 무슨 짓인지."

"장오성 중령, 지금 논지를 이탈하면 안 됩니다."

"죄송합니다, 대령님!"

"지난번에 나타났던 타이거 타란툴라는 쉽게 처치하지 않았습니까? 그런데 이번에는 왜 이리 시간이 걸린 것이죠?"

"저번에는 이오열이라는 요원이 몬스터의 배 위로 올라가서 마취제를 사용했다고 합니다."

"그런데 왜 이번에는 사용하지 않은 것입니까?"

"그게 마취제를 사용한 재료값을 40억이나 청구해서 담당 직원과의 실랑이가 있었던 모양입니다."

"잠깐 몬스터를 처치하면 마정석과 몬스터 부산물이 나오지 않습니까? 그 분배를 어떻게 한 것이죠?"

"그것은 공평하게 n분의 1로 나눠 줬습니다."

"그것은 왜 그런 것입니까?"

"지금까지 같은 몬스터를 잡으면 힐러와 탱커를 제외하고는 모두 같은 금액을 지불했습니다."

"그건 좀 불합리해 보이는데요. 만약 그때 이오열 요원이 마취제를 사용하지 않았다면 어떻게 되었을까요?"

"그것은……."

"허, 아직 정부가 몬스터 퇴치에 나선 지 몇 달 되지 않았지만 그것을 고려해도 너무 기본이 안 되어 있어요, 기본이……."

"죄송합니다."

"당장 이오열 요원을 만나서 면담을 잡아보세요. 그리고 그 이자록스에 대한 자료 분석을 빨리 마치고 그 몬스터가 이후에는 어떻게 성장할지에 대한 연구도 해오도록 하시오."

"알겠습니다, 준장님!"

전략분석실은 밤을 새워가며 회의를 했다.

그 시간 오열은 집에서 늦은 저녁을 먹으며 TV를 보았다.

하루 종일 전투를 했지만 몬스터를 퇴치하지 못해 오늘 수당은 한 푼도 없다. 오열은 피식 웃었다.

정치하는 사람들, 그리고 부자들은 다른 사람의 희생을 너무나 당연시 여기는 경향이 있었다.

아무리 메탈사이퍼들이 돈을 벌기 위해 몬스터 사냥을 한다지만 가끔씩 도심지에 나타나는 몬스터들은 그 급이 다른 놈들이다. 수백 명이 달려들어도 제대로 막지 못하는 엄청난 몬스터들.

'지들이 당해봐야 소중한 것을 잃을 수도 있다는 것을 알게 되겠지.'

오열은 피곤했다.

오늘은 비를 너무 많이 맞은 것도 있고 몬스터 가까이 접근하지도 못하고 우왕좌왕한 탓도 있었다.

일반 시민들은 메탈사이퍼의 희생을 너무나 당연시하는 경향이 있다.

많은 돈을 번다고 원하지 않는 싸움을 해야 할 의무는 없다. 다만 나서지 않으면 많은 사람이 다치기에 어쩔 수 없이 나서는 것인데, 몬스터 헌터들이 채취한 마정석으로 에너지

를 만들어 쓰면서 어떻게 하면 세금을 한 푼이라도 더 매길까
하는 생각만 한다.

'아, 졸리는군.'

오열은 이런저런 생각을 하자 갑자기 머리가 어지러웠다.
졸음이 몰려오자 오열은 씻지도 않고 침대에 누워 잠을 잤다.

시간이 흘러갔다.

그동안에 몬스터들은 도심에 나타나지 않았고, 오열은 일
상의 일에 다시 적응하기 시작했다.

그때 아만다는 밤을 지새우며 결심했다.

이번에 오열이 오면 자신의 생각을 말하리라고. 밤하늘의
아름답게 빛나는 별들 사이에 떨어지는 유성을 보며 그녀는
소원을 빌었다.

＊　　　＊　　　＊

"아만다, 그것은 굉장히 위험한 생각이야!"

오열이 놀라 부르짖었다. 하지만 아만다의 표정은 너무나
확고하고 단호하여 오열이 그녀의 결심에 반대하기도 어려웠
다.

"흥, 자기는 나와 같이 있고 싶지 않은가 보죠?"

"그것은 아니야. 나도 함께하고 싶어. 하지만 아만다가 내

가 사는 곳으로 온다는 것은 대단히 위험한 일이야."

오열의 말에 아만다의 눈이 세모로 변했다.

귀엽고 상냥한 모습은 사라지고 표독한 고양이 한 마리가 앉아 있는 느낌이 든다. 그 모습을 보고 오열은 고개를 숙이며 작은 소리로 불평했다.

"아만다, 다시 생각해 봐. 내가 앞으로 지금보다 더 잘할게."

"아니에요. 당신이 아무리 잘하려고 해도 우리의 만남은 한계가 있어요. 그것은 당신이 사는 세계와 내가 사는 세계가 다르기 때문에 일어나는 일이에요."

아만다의 말에 오열은 입을 다물었다. 그것은 그도 너무나 절실하게 인식해 온 바다.

그 문제 때문에 한동안 이 세계로 포탈을 해올까 하는 생각도 했다.

하지만 그런 생각은 시도조차 해보지 못했다. PMC가 허락을 해주지 않을 것이 너무나 뻔하기 때문이다.

지금 PMC는 오열의 아바타를 통해 행성에서 원하는 것을 얻을 수 있다.

하지만 만약 오열이 뉴비드 행성으로 온다면 그것으로 끝이다.

PMC의 통제를 완전히 벗어난다는 의미이고, 이는 유능한 연금술사를 잃게 되는 일이다. 게다가 포탈은 성공했지만 안정성이 완벽하게 입증된 것도 아니다.

오열은 아만다의 태도가 너무나 확고해 어떻게 해볼 도리가 없었다.

그녀는 사랑에 눈이 멀어 반드시 잘될 것이라는 확신을 가지고 있었다. 그렇다고 오열은 그녀의 의견에 쉽게 동의할 수도 없었다.

오열은 잠자리까지 거부하면서 차갑게 대하는 아만다를 이길 방법이 없었다. 그래서 그는 생각해 보겠다고 말했다.

그리고 다음 날 아침, 아마스트라스 숲의 지니어스 23으로 가서 이철수 대령과 이야기를 하였다.

이철수 대령은 심각한 표정으로 오열의 이야기를 들었다.

"자네의 이야기는 잘 들었네. 그런데 이번 일은 정말 쉽지가 않은 문제군. 일단 지구로의 포탈은 완벽하게 성공했네. 하지만 그것은 방법론적으로 성공했다는 것이지 생물학적으로 성공했다는 것은 아니네. 포탈된 다음 인체에 어떤 변화가 일어날지에 대해서는 정보를 가지고 있지 않네. 따라서 그들이 생리학적으로 어떤 변화를 거치게 되는지는 알 수가 없는 상황이야. 쉽게 말해 지금은 나타나지 않은 증상들이 몇 년, 또는 몇십 년 후에 불현듯 나타날 수도 있다는 것이지."

"그러면 포탈 자체에는 문제가 없는 것인가요?"

"그것은 100% 안전하네. 하지만 100% 안전한 수술도 막상 해보기 전까지는 알 수가 없는 법이지. 그래서 의사들이 수술 전에 환자들에게 동의서를 받는 것 아닌가."

"차라리 제가 이곳 행성으로 오는 것은 어떻습니까?"

"물론 그건 안 되지. 여러 가지 문제가 있는데, 자네가 이곳으로 포탈하면 일단 시끄러운 정치적인 문제가 일어날 것일세. UN 산하의 다른 나라들도 가만있지 않을 것이고. 그들의 동의를 얻는 것은 쉬운 일이 아니야. 이곳의 부족한 인력 보충을 받거나 인력 교체를 위한 것이 아니라면 몰라도 말일세. 왜냐하면 지니어스 23에는 한국군만 있는 것이 아니지 않는가. 하지만 자네의 애인이 간다면 실험자 명단에 집어넣은 다음 적당한 핑계를 대고 빼돌릴 수는 있어. 하지만 메탈사이퍼는 그렇지 못하네. 그런 문제 외에도 지구의 상황, 즉 한국의 상황이 아주 좋지 못하네. 한 명의 메탈사이퍼도 아쉬운 상황으로 변해가고 있지 않은가?"

이철수 대령의 말에 오열은 고개를 끄덕였다.

그가 생각하기에도 평화로운 시기라면 어떻게 해볼 여지가 있지만 지금은 전혀 그럴 상황이 아니었다.

지난번에 나타난 이자록스 한 마리도 어쩌지 못하고 수백 명의 메탈사이퍼가 달라붙어 막기에 급급해하지 않았는가!

"그럼 지구로 가는 것은 안전한가요?"

"적어도 지금까지는 안전하지. 열 번의 실험 가운데 단 한 번도 실패가 없었으니 말이지."

오열은 이철수 대령의 말을 듣고 고개를 끄덕였다.

현대의 과학은 어떤 결론을 내기 위해서 예전처럼 많은 실험 결과를 필요로 하지는 않았다.

기계가 그만큼 정교해졌다는 의미다.

이철수 대령이 걱정하는 것은 오랜 시간 후 새로 발발할 수 있는 특이한 증세들이었다. 그런 것은 오로지 시간만이 알 수 있다.

'어떻게 한다? 이런 상태로 수십 년을 기다릴 수는 없고. 위험하기는 하지만 완벽한 성공을 거둔 실험이니……'

이철수 대령의 말을 듣자 갈등이 예전보다 심하게 되었다. 간절하게 자신과 함께하기를 원하는 아만다를 볼 때마다 고맙고 미안했다.

포탈을 할 생각이라면 더 기다릴 이유는 없었다.

만약 기다린다면 앞으로 적어도 10년은 더 필요로 할 것이기 때문이다.

그래도 그 사실을 아만다에게 선뜻 말할 수는 없었다. 지구로 가는 포탈이 말처럼 쉬운 것이 아니다.

한번 가면 다시 오기가 매우 힘들다. 전혀 다른 환경에 살아온 그녀가 지구에 적응할 수 있을지도 의문이다.

'어떻게 설명한다?'

문화 충격 또한 없을 수가 없다. 중세시대나 마찬가지인 이
곳에서 서기 2300년의 문명의 지구로 온다면 문화 충격이 상
당할 것이다.

오열은 한숨을 내쉬고 자신의 자리로 돌아가 커피를 마시
며 서류를 뒤적이는 이철수 대령에게 다가갔다.

"무기는 아직 멀었나요?"

"새로운 설계를 적용시키는 것이라 시간이 조금 더 걸릴
것이네. 하지만 이미 만들어낸 것과는 원리가 같으니 시간이
많이 걸리지는 않을 것이네."

오열은 그의 말을 듣고 고개를 끄덕였다.

지금 있는 무기로도 몬스터를 충분히 상대할 수 있다. 문제
는 연금술로 마취제를 만드는 일이다.

그는 자신이 사냥을 원활하게 하기 위해서 마취제를 쓸 생
각은 있지만 그렇다고 남을 위해 쓰고 싶은 생각은 별로 없었
다.

마취제를 만드는 것이 쉽지 않기 때문이다. 던전에서 몬스
터를 사냥할 때 쓰는 마취제의 양은 굉장히 적었다. 하지만
도심에 나타나는 몬스터에게 사용하는 마취제는 양이 수십
배나 든다.

오열은 오랜만에 아마스트라스 숲을 바라보았다. 숲은 여

전히 아름다웠다.

때마침 비가 온 다음이라 숲은 놀라울 만큼 싱그러웠다. 호흡을 하면 허파로 숲의 기운이 모두 빨려들어 오는 기분이다.

"여기는 여전히 좋구나."

"뭐가 그렇게 좋아?"

"엇?"

이열의 뒤에 이영이 어느 사이에 다가와 있었다. 거의 1년 만에 만나니 오열로서도 반가웠다.

"그동안 잘 지냈어요?"

"네, 당신은요?"

"물론 나도 잘 지냈죠. 그런데 당신도 역시 무사하였군요."

"네……?"

"신문에서 당신 이름 봤어요. 연금술사 이오열!"

"아, 그 사건 말하는 것이군요."

"어떻게 된 거예요?"

"관심 안 가지시는 게 좋을 거예요. 남의 비밀을 엿보면 항상 대가가 따르게 마련이죠."

"그렇군요. 그래도 궁금해요."

"사실 알고 보면 별거 아니었습니다. 덤비기에 내 식대로 상대해 줬죠. 거대 길드를 상대하다 보니 손이 조금 거칠어졌어요. 그래도 그들을 죽이진 않았어요. 상대가 암살자를 보내기 전까진 저도 그들을 죽일 생각을 하지 않았거든요."

"상대가 암살자까지 보냈어요?"

"네, 사람들은 연금술사를 아주 약하게 보죠. 하지만 연금술은 사물의 본질을 탐구하는 자. 경우에 따라서는 가장 강한 사람이 될 수도 있죠."

"흠, 그렇군요. 이제 우리는 비밀을 공유했으니 어떻게 되는 건가요?"

"그게 문제네요. 아바타를 죽인다고 하더라도 본체는 남아 있으니."

"그런데 당신, 내가 아무리 궁금해한다고 해도 그렇지 왜 그 이야기를 해준 거죠?"

"궁금하다면서요. 뭐 어차피 당신은 어디다가 이야기할 사람으로 보이지도 않았어요."

오열의 말에 이영이 고개를 숙이며 만족스러운 미소를 지었다.

그녀는 오래전에 알게 된 이 남자에 대해 호기심이 많았다. 자신의 미모에도 별 관심을 내보이지 않고 생존을 위해서라면 무슨 수라도 다 동원하는 조금은 비열한 남자였다.

하지만 바로 그러한 점 때문에 오히려 그에게 호감을 가지게 되었다. 그는 다른 남자들과 아주 달랐던 것이다.

"내 이메일 주소 알고 있죠?"

"네, 삭제하지 않았으니 남아 있을 것입니다."

"그런데 왜 연락하지 않은 것이죠?"

"아, 나 같은 녀석하고 놀 분이 아니라고 느꼈습니다."

"훗. 전혀 아닌데요."

이영은 즐거웠다. 그녀는 붉은 석양 아래에서 점점 어두워지는 산 그림자를 보았다. 검은 구름이 산의 끝에서 천천히 다가왔다.

"이곳에서 사냥을 자주 안 하나 봐요?"

"이곳 몬스터에게서 얻은 마정석의 카오스에너지가 지구의 것보다 훨씬 더 적은 것을 안 다음부터는 관심이 별로 안 생기더군요."

"어머, 정말이에요?"

"네, 후후."

오열은 차가워 보이는 이영이 얼굴을 붉히자 묘한 느낌을 받았다.

처음으로 그녀가 자신에게 어쩌면 관심이 있을지도 모른다는 생각이 들었다. 하지만 이내 그런 생각은 어둠 속으로 흩어지는 엷은 햇살과 함께 날려 보냈다.

"혹시 애인 있어요?"

오열은 이영의 말에 웃으며 말했다.

"네, 아주 오래된 애인이 있어요."

"저, 정말이에요?"

"네."

"아, 그렇구나."

약간 기운이 빠진 듯한 이영의 목소리에 오열은 묘한 느낌을 받았다.

넘사벽으로 보았던 여자가 자신에게 관심을 보일 줄은 상상도 못했다.

하지만 이렇게 고상하고 고귀해 보이는 여자는 역시나 자신과 어울리지 않는 사람이라고 느꼈다.

풍기는 이미지로 보면 상대는 적어도 귀족가의 여식이었다. 전통적으로 유명한 몇몇 명문가가 귀족가로 승급된 후에 이 땅에도 귀족이 생겼다.

"오늘은 여기서 보낼 것인가요?"

"네, 잠시 있다가 접속을 종료해야죠."

오열은 아주 예전 이영과 3개월 동안 같이 있을 때에는 그녀가 자신에게 관심을 가져주기를 원했다.

아름다운 여자를 보면 평범한 남자들이 가질 수 있는 그런 마음이었다.

오열은 늦게까지 이영과 이야기를 나눴다. 아는 것이 많고 명랑한 성격의 그녀와 같이 이야기를 하는 것은 전혀 지루하지 않았다.

오열은 아바타를 종료하고 늦은 시간에 잠자리에 들었다.

그리고 다음 날 아침 국가안보위원회에서 면담 요청을 해왔다.

오열은 거절하고 싶었지만 그렇게 하는 것이 쉽지 않다는 것을 깨달았다. 상대는 자신에 대해 모든 것을 알고 있는 국가안전위회 산하 전략상황실이었다.

호텔 커피숍에 앉아 오열은 따뜻한 커피를 마셨다. 이 미팅을 위해 몬스터 사냥도, 아만다를 만나러 가는 것도 하지 않았다.

오열이 약속 장소에 도착한 지 5분도 안 되어 두 명의 남자가 들어왔다.

"안녕하십니까? 오치열 대령입니다. 국가안전위원회의 전략상황실 소속입니다. 옆의 친구는 김동혁 소령입니다."

오치열 대령이 말을 하며 악수를 청해왔다.

오열은 그와 인사를 나누고 옆의 얌전한 이미지의 김동혁 소령과도 인사를 나눴다.

"저희는 지난 이자록스를 상대할 때 의아한 점이 있어서 상의 드리고자 만나자고 한 것입니다."

"말씀하세요."

오열은 정부기관 사람들을 좋아하지 않았다.

이들은 사람을 속이거나 하지는 않지만 자꾸만 구속하려고 한다.

오열의 관심 없는 표정에 오치열 대령은 약간 긴장하였다.

상대는 보안 등급이 시크릿 단계에 속한 남자다. 보안 등급이 높을수록 이용 가치와 효용 가치가 높다는 말이다. 그리고 지금 나눌 이야기도 매우 중요했다.

"바쁘신 것 같아 본론부터 말씀드리도록 하겠습니다. 저희는 지난번 타이거 타란툴라 때와 달리 이번 이자록스는 왜 마취제를 사용하시지 않았는지 궁금했습니다. 만약 지난번처럼 마취제를 사용하셨다면 일이 훨씬 쉬웠을 터인데 말입니다."

오열은 오치열의 말을 듣고는 피식 웃었다. 말은 정중하게 하고 있지만 일종의 간섭이었다.

"제가 마취제를 꼭 써야 하나요?"

"아니, 물론 그런 것은 아닙니다. 하지만 마취제를 썼다면 그렇게 힘든 전투는 하지 않았을 것 아닙니까? 혹시 저희가 모르는 불만이나 애로사항이 있으면 말씀해 주십시오."

"마취제가 어느 날 갑자기 하늘에서 뚝 떨어지는 것은 아닙니다. 마취제 가격을 청구하긴 했어도 좀 그랬습니다. 공헌도에 비해서 저의 대우는 형편없었거든요."

"저희도 이번에 그러한 불합리한 상황을 파악하고 공헌도에 따라 정산금을 지불하기로 했습니다. 이를 위해 필요한 장비도 구입했습니다. 앞으로는 그런 섭섭한 일은 없을 것입니다."

오열은 오치열 대령의 말을 듣고선 다시 웃었다.

정부의 말을 액면 그대로 믿기에는 여러 모로 문제가 많았다.

『영웅2300』 4권에 계속…

이 시대를 선도하는 이북 사이트

이젠북

www.ezenbook.co.kr

더욱 막강해진 라인업!
최강의 작가들이 보이는 최고의 재미.

이들의 "유료연재"가 시작됩니다!

김재한 『성운을 먹는 자』
홍정훈 『월야환담 광월야』
이지환 『어린황후』
좌백 『천마군림 2부』
김정률 『아나크레온』

태제 『태왕기 현왕전』
전진검 『퍼팩트 로드』
방태산 『완벽한 인생』
왕후장상 『전혁』
설경구 『게임볼』

검색창에 **이젠북** 을 쳐보세요! ▼

FANATICISM HUNTER

광신사냥꾼

류승현 판타지 장편 소설

FANTASY FRONTIER SPIRIT

「블레이드 마스터」의 류승현 작가가 펼쳐내는
판타지의 새로운 신화!

마도대전을 승리로 이끈 유리언 대륙의 영웅,
최강의 아크 메이지 제온!

그러나 '세상의 섭리'에 아내와 아이를 빼앗기는데……

『광신사냥꾼』

만약 그것이 정말로 세상의 섭리라면,
그마저도 무너뜨리고 말리라!

복수를 위한 제온의 위대한 여정이 시작된다!

Book Publishing CHUNGEORAM

유행이 아닌 자유추구 -
WWW.chungeoram.com

원생 新무협 판타지 소설

FANTASTIC ORIENTAL HEROES

천예무황

天藝皇

진짜배기 무협의 향기가 온다!

『천예무황』

산중에서 평화로이 살던 의원 설운.
평범하게만 보이는 그에게는 씻을 수 없는
과거가 있었으니…….

칠 년의 세월을 지나
피할 수 없는 과거의 업(業)이 다시 찾아온다.

'잊지 마오.
세상 모든 사람이 다 그대를 잊은 그때에도
나는 그대를 기억하고 있음을.'

정(正)과 마(魔)의 갈림길.
무림을 덮은 혈풍 속에서 선(善)의 길을 걷다!

Book Publishing CHUNGEORAM

유행이 아닌 자유추구 -
WWW.chungeoram.com

말년병장 이등병되다!

에바트리체 장편 소설

FUSION FANTASTIC STORY

대한민국 남자라면 알고 있을 바로 그 이야기!

『말년병장, 이등병 되다!』

전역을 코앞에 둔 말년병장, 이도훈.
꼬장의 신이라 불리던 그가 갑자기 훈련병이 되었다?!

"…이런 X같은 곳이 다 있나!"

**전우애 넘치는 군인들의
좌충우돌 리얼 군대 이야기!**

Book Publishing CHUNGEORAM

유행이 아닌 자유추구 -
WWW.chungeoram.com

LORD

FANTASY FRONTIER SPIRIT

RAY SHADE

영주 레이샤드

한승현 판타지 장편소설

저주받은 영지 아베론의 영주 레이샤드.
열다섯 번째 생일날,
정체불명의 열쇠가 그의 운명을 바꾸었다!

『영주 레이샤드』

시험의 궁을 여는 자, 원하는 것을 얻으리니!
시련을 극복하고 새로운 땅의 주인이 되어라!

레이샤드의 일대기가 시작된다!

Book Publishing CHUNGEORAM

유행이 아닌 자유추구 -
WWW.chungeoram.com

FANATICISM HUNTER

광신사냥꾼

류승현 판타지 장편 소설

FANTASY FRONTIER SPIRIT

『블레이드 마스터』의 류승현 작가가 펼쳐내는
판타지의 새로운 신화!

마도대전을 승리로 이끈 유리언 대륙의 영웅,
최강의 아크 메이지 제온!

그러나 '세상의 섭리'에 아내와 아이를 빼앗기는데……

『광신사냥꾼』

만약 그것이 정말로 세상의 섭리라면,
그마저도 무너뜨리고 말리라!

복수를 위한 제온의 위대한 여정이 시작된다!

Book Publishing CHUNGEORAM

유행이 아닌 자유추구
WWW. chungeoram.com